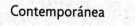
Contemporánea

Jorge Volpi (México, 1968) es autor de las novelas *La paz de los sepulcros*, *El temperamento melancólico*, *El jardín devastado*, *Oscuro bosque oscuro* y *Las elegidas*; de la Trilogía del Siglo XX formada por *En busca de Klingsor* (Premio Biblioteca Breve y Deux-Océans-Grinzane Cavour), *El fin de la locura* y *No será la Tierra*, y de las novelas breves reunidas bajo el título de *Días de ira. Tres narraciones en tierra de nadie*. También ha escrito los ensayos *La imaginación y el poder. Una historia intelectual de 1968*, *La guerra y las palabras. Una historia intelectual de 1994* y *Leer la mente. El cerebro y el arte de la ficción*. Con *Mentiras contagiosas* obtuvo el Premio Mazatlán de Literatura al mejor libro del año en 2008. En 2009 le fueron concedidos el II Premio de Ensayo Debate-Casa América por su libro *El insomnio de Bolívar. Consideraciones intempestivas sobre América Latina a principios del siglo XXI*, y el Premio Iberoamericano José Donoso de Chile, por el conjunto de su obra. Ha sido becario de la Fundación J. S. Guggenheim, fue nombrado Caballero de la Orden de Artes y Letras de Francia y en 2011 recibió la Orden de Isabel la Católica en grado de Cruz Oficial. Sus libros han sido traducidos a más de veinticinco lenguas. En 2018 ganó el Premio Alfaguara por su obra *Una novela criminal*.

Eloy Urroz (Nueva York, 1967). Es autor de las novelas *Las leyes que el amor elige* (1993), *Las Rémoras* (1996), *Herir tu fiera carne* (1997), *Las almas abatidas* (2000), *Un siglo tras de mí* (2004), *Fricción* (Alfaguara, 2008), *La familia interrumpida* (Alfaguara, 2011), *La mujer del novelista* (Alfaguara, 2014) y *Demencia* (Alfaguara, 2016). Es coautor de *Tres bosquejos del mal* (1994) y *Crack. Instrucciones de uso* (2004). Ha escrito los ensayos *Las formas de la inteligencia amorosa: D. H. Lawrence y James Joyce* (1999), *La silenciosa herejía: forma y contrautopía en las novelas de Jorge Volpi* (2000), *Siete ensayos capitales* (Taurus, 2004), *Êthos, forma, deseo entre España y México* (2007), *La trama incesante* (2015) y *El ensayo del arte* (2017). Ha publicado los libros de poesía *Ver de viento* (1988), *Sobre cómo apresar la vida de las estrellas* (1989), *Yo soy ella* (1998), *Poemas en exhibición* (2003) y *Yer blues* (2011), así como la crónica política *El águila, la serpiente y el tucán* (2000). Varias de sus novelas han sido traducidas al inglés, francés, italiano, alemán y portugués. Actualmente es profesor de literatura latinoamericana en The Citadel College, en Charleston, South Carolina.

Jorge Volpi
Eloy Urroz

Dos novelitas poco edificantes

DEBOLS!LLO

Dos novelitas poco edificantes

Primera edición: mayo, 2018

D. R. © 1997, Jorge Volpi, por *Sanar tu piel amarga*
D. R. © 1997, Eloy Urroz, por *Herir tu fiera carne*

D. R. © 2018, derechos de edición mundiales en lengua castellana:
Penguin Random House Grupo Editorial, S. A. de C. V.
Blvd. Miguel de Cervantes Saavedra núm. 301, 1er piso,
colonia Granada, delegación Miguel Hidalgo, C. P. 11520,
Ciudad de México

www.megustaleer.mx

ISBN: 978-607-316-427-6

Impreso en México – *Printed in Mexico*

El papel utilizado para la impresión de este libro ha sido fabricado a partir de madera procedente
de bosques y plantaciones gestionadas con los más altos estándares ambientales, garantizando
una explotación de los recursos sostenible con el medio ambiente y beneficiosa para las personas.

Penguin
Random House
Grupo Editorial

Índice

SANAR TU PIEL AMARGA

Eloy Urroz

Herir tu fiera carne

A Ocho y Rafa

Sólo amamos aquello en que buscamos algo inasequible,
sólo amamos lo que no poseemos.
MARCEL PROUST, *La prisionera*

I

La pornografía

Nací en la época en que la pornografía era un bien público, un placer consuetudinario al que todos los hombres tienen un derecho inalienable. Se la encontraba en quioscos, videoclubes y en las calles. La pornografía era, gracias al cielo, todavía sagrada y se la hallaba en cualquier lugar profano —una tentadora paradoja. Pocos hombres en muy pocas épocas, creo, han tenido la fortuna coyuntural que yo tuve: encontrar pornografía fácilmente y *entender* que con ella se ingresa, de pronto, en el maravilloso templo de las Furias. Por ejemplo, descubro cómo miles de niños de las ciudades crecieron con la pornografía como si se tratara de un juguete. A ellos, a los quince años de edad, ver contorsionarse a las mujeres les aburre. Lo entiendo. El sexo, la imaginación, las perversiones o el sadomasoquismo no son ningún templo y tampoco significan nada. El amor y su profanación son el acto más espurio que existe, uno de los hechos más nimios de la vida, como lavarse las manos o comerse una ensalada. La pornografía, para ellos, no guarda misterio.

Los prostíbulos, los cabarets, los *sex shops*, están en su peor momento. Dedicarse a la prostitución no es el mismo negocio que era antes, el que defendían Larsen, Anselmo o incluso Tereza Batista. Las putas sobreviven la hambruna gracias a clientes viejos, rutinarios. Ellos, más que agrado, sienten conmiseración por ellas, incluso a veces las consuelan. Las putas no desvirgan a ningún adolescente de catorce o quince, pues sus novias los desvirgan antes… sin cobrarles un centavo. Los jóvenes prefieren ver películas de guerra, violentas y proteicas, antes que filmes donde la ponografía rebasa la pantalla. Si una horripilante escena semierótica y ridícula interrumpe la acción de los bandidos, los niños toman el control de la videocasetera y la adelantan —con toda razón. Me inclino a pensar que Estados Unidos tiene que ver en ello. Nada menos parecido al verdadero arte porno que la asepsia puritana de los gringos, nada menos nauseabundo que las colegialas mostrándole el culo al director el día de fin de curso en un acto que no es sino ingenua rebeldía, ingenuo desacato. Hace muchos años perdieron la noción del arte porno, o quizá nunca la tuvieron. El sexo con condón (sin requiebros y juegos) que ellos promueven, ha debilitado la imaginación tanto como miles de argumentos soporíferos han devastado la inteligencia de millones de niños.

Todavía lo recuerdo: no hubo ritual más hermoso en mi adolescencia que el viaje en auto hacia el prostíbulo a los trece años, el momento en que veía desvestirse a la puta frente a mis ojos, sola, inmarcesible, para mí. Sabía, de algún modo intuitivo, que ingresaba a un santuario ardiente donde la malicia de la carne era el primer motor, el verdadero vehículo de todos mis actos. En cambio, los actos sexuales de los niños de trece años han perdido hoy cualquier significado: sus primas o vecinas los desvirgan justo cuando han tenido su primera erección, las mujeres desnudas de la tele son el objeto más anodino del mundo. No existen los requiebros del alma, tampoco existe el mal o el bien, el pensamiento dual (esa salutífera enfermedad platónica) se reduce a la Nada, al sinsentido, acaso a la violencia como único vehículo de satisfacción, como único modo de llegar al orgasmo. Los prostíbulos no reciben a nadie menor de cincuenta años, ¿quién diablos va a querer dormirse por dinero cuando en el parque, a mediodía, puedes encontrar quién te haga una buena felación? El precioso don del cielo que fue, en alguna época, pagar por tener sexo, se ha diluido, se ha desgastado, no guarda ningún acicate para un muchacho de quince o dieciocho años.

Tuve la suerte, dije, de nacer en una época en que la pornografía era un bien público. Ésa fue mi suerte, no la de otros: ni los más viejos la tuvieron y menos los más jóvenes. Hace treinta o cuarenta años, un adolescente que deseaba acostarse con alguien, pasaba el peor vía crucis antes de lograr su objetivo. Luego de consumarlo, era aún peor: volver a encontrar a la tía soltera o a la sirvienta dispuesta a hacer un favor al niño era un milagro de Dios, conseguir la estratosférica cantidad para dársela otra vez a la misma prostituta, imposible… Cuando por fin se conseguía el dinero, la puta había emigrado, nos había traicionado yéndose con otros, cosa (por cierto) muy difícil de aceptar a cierta edad. Hoy, un adolescente que desea acostarse con una prostituta… sencillamente no existe, prefiere otro entretenimiento, otro gozo. No es que les guste el béisbol como antes, simplemente prefieren robar o matar a alguien… como hacen los héroes de las películas, como hicieron los estudiantes de Columbine.

Cuando dije que la pornografía era sagrada, quise decir que lo es para los que nacieron antes que yo: mi padre, mi abuelo, por ejemplo. Para mi hermano de diecisiete no lo es. Para mí, en cambio, sí lo es y, a diferencia de mi abuelo y mi padre, la pornografía la tengo al alcance de la mano. No necesito buscarla, allí está, saludándome, esperando que la explote y ella me explote a mí en una suerte de perfecto y perverso contubernio. Ambos somos clientes que *entendemos* el sagrado acto de pagar para espolear nuestra imaginación.

II

ÚRSULA

En aquellos días, yo era un cliente asiduo de la pornografía. En realidad siempre he sido un cliente asiduo, ferviente, un adicto. Nunca imaginé encontrarme con otro paliativo, otra adicción, que lograra suplir ese vicio. Y lo hallé: el infierno de los celos y el amor. A Úrsula la conocí un viernes, un día después de haber asistido (como solía, cada vez que tenía un poco de dinero) a uno de esos antros en la avenida Insurgentes donde una mujer sin ropa se contorsiona encima de ti y la mayoría llama, eufemísticamente, *table dance*.

Eran las doce y diez o doce y cuarto, hacía mucho calor, recién salía de mi clase de latín, cuando de coche a coche la miré: sentada frente al volante, comiendo algo, poco decidida a arrancar. Aunque era rubia (siempre he detestado a las rubias), di marcha atrás al coche y la miré con cinismo, dispuesto a irme nada más volteara y contemplara sus horribles facciones. Ella, creo, no se percató: concentrada como estaba en meter la cuchara de plástico en el fondo del vaso y escarbar las últimas minucias del yogur. Por fin, giró: no tenía horribles facciones, en absoluto. Le sonreí, ella sonrió y entonces decidí bajarme. Estacioné el auto como pude y me acerqué. Realmente no parecía sorprendida.

—Hola —dije aproximándome a la ventanilla.

—Hola —se giró, me miró el tiempo suficiente que una mujer requiere para saber si el tipo es de su agrado o no lo es: un instante. Luego continuó en su vaso de yogur como si yo no le importara demasiado, como si se tratara de un cliente más.

—¿Cómo estás? —pregunté por decir algo, una frase intermedia antes de ir al grano.

—Bien —dijo sin voltear a verme, lacónica, concentrada en su cuchara y sin preguntarme lo mismo; por ejemplo, "¿y tú?", pues casi hubiese sido (saliendo de sus labios) un exceso, una evidencia para quien, se veía a leguas, era orgullosa, exageradamente prendada de sí.

—¿Cómo te llamas?

—Úrsula —por fin me miró contrarrestando así la declaración de aceptación que, de manera oblicua, había mostrado al darme el nombre.

Jamás preguntaría el mío, lo sabía. Se lo dije:

—Yo me llamo Bernardo.

Desde ese momento Bernardo no era un victimario sino una víctima de Úrsula. Desde ese momento Bernardo había firmado los siguientes cuatro meses de infierno sin imaginarlo: al igual que Gilberto Owen, su poeta predilecto de entonces, Bernardo iría a tocar fondo en el amor.

—Oye, ¿por qué no me das tu teléfono y un día de éstos nos vemos? —dije de memoria, tal y como solía hacer.

Úrsula parecía completamente segura de lo que hacía, nunca la noté sorprendida, asombrada. Accionaba con parsimonia y sin errar. Por eso digo que estaba allí *desde hace siglos,* aguardándome, pidiendo que firmara mi predestinada condena a su lado.

—¿Tienes con qué apuntar?

Bernardo fue al auto, abrió su portafolios y sacó una pluma de tinta azul. Volvió a donde estaba Úrsula. Esta vez, él lo notó, ella lo miraba a través del espejo retrovisor.

—¿Sí? —dije, exigí, apremié: todo lo que implica el monosílabo pronunciado tal y como yo lo pronuncié.

—5 16 75 66 —recitó, salmodió lo suficientemente clara, explícita, para que yo no me equivocara.

Bernardo, el testarudo, se sintió halagado.

—Te llamo —le dije, volví a mi auto seguro de que otra vez ella me miraba por el espejo retrovisor: tal vez iba midiéndome las nalgas.

Lo más curioso, si ahora lo pienso, es que en dos semanas nunca la llamé. Normalmente lo hago de inmediato. En realidad me olvidé de ella. Salía con alguien más (seguro alguna chica más interesante) al tiempo que cumplía mi fascinante y enfermiza rutina: la pornografía, el onanismo y sus múltiples posibilidades.

Aunque algunos piensan que la pornografía, a diferencia del erotismo, se agota y recurre a estereotipos muy bien identificados, yo creo, al contrario, que ella guarda una suerte de misterio parecido al de la eucaristía o la confesión. Es decir, se trata (mal que bien) de un ritual, de la repetición *ad infinitum*, del arcano apenas entrevisto, luego fácilmente agotado y otra vez vuelto a sentir, a vivir con el alma y el cuerpo.

A Úrsula la llamé por aburrimiento. Cuando ella lea estas páginas no lo va a creer, pero es verdad: la llamé uno de esos días en que uno se cansa de no hacer nada, de perder el tiempo en la facultad, de leer la soporífera *Clemencia* de Altamirano. Increíblemente (al menos eso a mí me pareció) Úrsula llevaba aguardando *el mismo tiempo que transcurrió desde que la hubiera conocido*; es decir, era como si ella hubiera estado esperándome hace siglos. Luego descubrí mi error. Úrsula podía hacer que un hombre se jactara de sí mismo sin que se percatara lo más mínimo de ello; es decir, sin que ella denotara ningún tipo de predilección hacia él. Incluso sucedía lo contrario: era precisamente el tono despectivo y moroso de su voz y el gesto de su cara mohína los que hacían sentir *a cualquiera* una especie de excepción a la regla. Inevitablemente me repetía en mi fuero íntimo: "Úrsula es así, qué duda cabe, exigente, difícil, recóndita; sin embargo, en el fondo le gusto, le debo de encantar". ¡Patrañas, absolutas patrañas, sofismas y ardides de la mente! Con todo, una cosa estoy dispuesto a jurar aunque nunca se lo hubiese preguntado: me amó, Úrsula se enamoró de mí. De un modo bastante *sui generis*, bastante difícil de aclarar, pero se enamoró de mí. Sé que suena pretencioso, reconozco que cualquiera podría llegar a pensar que lo digo sólo por rencor, en defensa propia. Y no es cierto: Úrsula se enamoró de mí y si yo fui torturado ella también se torturó. A Úrsula también la pude torturar hacia el final.

III

Historia de una tortura

Podría ponerle a este relato algo así como la "Historia de una tortura" o "Viaje al centro del triángulo escaleno". No importa cómo en realidad. Lo que sí puedo asegurar es que, al final, ninguno de ustedes nueve, amigos, creerá un átomo de lo que cuento, nadie creerá sino que mi pretensión era tan sólo hacer un cuento pornográfico. Y tal vez sea cierto; sin embargo, una cosa también es verdad: lo que escribo lo *viví*. Y a ustedes, Jorge, Beto, Nacho, Octavio, Rafa, Pedro, Gerardo, Armando y Gonzalo, los únicos que leerán esta imbricada historia infernal, les juro que lo que aquí cuento me *pasó*. Varios de ustedes la conocieron o por lo menos tuvieron la desgracia de verla alguna vez.

Úrsula aceptó salir conmigo. No importa saber a dónde fuimos. Lo que sí debo anotar es que fueron varias veces, a distintos lados, seguidas de muchas demostraciones de afecto o lo que interpreté como atracción. Por ejemplo, tengo el vago recuerdo de un cine y una larga espera de su mano por que yo la asiera y no lo hice. ¿Por qué? No por recato, no es mi estilo. Sencillamente por darme un poco a desear. Yo había mostrado más cartas que las que ella me había mostrado a mí, era justo, pues, ocultarle una, hacerla titubear aunque fuera un instante. De cualquier manera, ese signo (quizá indiscernible para ella) no tuvo al final razón de ser, pues recuerdo otra salida al cine donde ya estoy abrazándola y besando sin prestar mucha atención al filme. Así se acumularon, supongo, las salidas, no sé cuántas: a un restaurante, al teatro, a un café, a un bazar, una vez a un concierto. Casi siempre solos. Y digo casi siempre, pues algunas veces se unía su hermana. Dos años menor que ella, era en muchos sentidos el vivo retrato de Úrsula. No sé cómo explicarlo, pero aunque eran realmente parecidas, Úrsula era bella mientras que su hermana no lo era. Tú te acuerdas de Sofía, ¿no es cierto, Rafael?, pues saliste un par de veces con ella. No es cierto, salimos los cuatro juntos. Yo te forzaba a acompañarme, te decía que era guapa, que tenía *algo*, un no sé qué. Lo cierto es que Sofía jamás me gustó y no sé si realmente te haya gustado a ti. Todavía tienes el perro que ellas dos te regalaron. Un vecino suyo, Agustín, tenía una hermosa perra que acababa de parir seis cachorritos. Le quedaban dos y tú escogiste el más feo, te lo regalaron.

Por alguna maquiavélica razón que yo no entendía cabalmente, la madre de Úrsula hacía que Sofía nos acompañara. Al principio tuve que aceptar, luego fui mostrando mi disgusto: me enfurecía que Úrsula no lo viera así, que no me comprendiera. Deseaba estar con ella a solas, juntos, sin compartirla con nadie. Creo que algo logramos evitar y desde entonces Sofía dejó de unirse a nosotros. Para que lo sepan los demás, Rafa, lo tuyo y lo de la hermana de Úrsula nunca fructificó, gracias al cielo. Salimos juntos en un par de ocasiones y hasta allí. De pronto tú te desentendiste y ella dejó de preguntar por ti. Si te halaga saberlo, creo que, muy en el fondo, le gustabas. Ellas, las dos hermanas rubias, no eran del tipo de mujeres que lo iban a demostrar, al contrario: eran exageradamente orgullosas para aceptar que un hombre no les hubiera hecho caso. Incluso lo tuyo conservó un poco de alevoso interés, de habilidad; quiero decir: que lo hiciste por el perro, lo sé, para que te lo obsequiara Agustín, el gordo, y luego sólo intentaste quedar bien con ellas. En fin… No es importante.

Algo sin embargo me llamaba la atención: Úrsula jamás insinuó que quisiera ser mi novia. Es decir, nunca intentó *formalizar* lo nuestro. No es que a mí me importara… Bueno, sí que me importó; desgraciadamente sí que llegó a ser importante y allí, otra vez, firmé mi sentencia sin imaginármelo. Entonces no le dije nada. Estaba seguro de que la sartén la tenía yo... aunque no por el mango como se verá después. No dejaba de llamarme la atención, ya lo dije, el que ella no me insinuara nunca nada al respecto. Desde que la conocí, desde que pasé a su casa, observé lo que de algún modo yo ya sabía: Úrsula era una niña rica. Su familia era a todas luces pudiente, exactamente como me gustaba a mí. No es que me gustara la riqueza *per se*; me gustaba y me gusta lo que ella implica: cierto ritual, ciertas formas *cuasi* cortesanas, cierta distinción difícil de explicar. También me atraía el que Úrsula oliera bien, se vistiera bien, hablara bien y se moviera bien (con donaire) en cualquier lugar. Las jóvenes de la facultad que conocía (al menos últimamente) eran el antípoda: una extraña mezcla de rebeldes sin causa e ingenuidad superdotada, sucias, proletarias (o al menos eso buscaban aparentar), aburridas, feas, ultrajantemente mal vestidas, etcétera. Al menos *yo sí sabía lo que me gustaba* —aunque aquí miento otra vez: tal vez no lo sabía desde el momento en que nunca me han gustado las mujeres rubias y sin embargo estaba sucumbiendo ante una. Ahora sé por qué no me gustan: las rubias son como los albinos, una especie de demonios o súcubos que quieren venir a poseerte y llevarse tu alma. Úrsula era uno de ellos.

IV

Xel-Ha

Yo vivía en ese entonces en una casa de enormes paredes escayoladas en el Ajusco, en una calle apenas habitada, sin faroles, siempre a punto de pavimentar. La calle tenía un nombre maya, Xel-Ha, que no sé qué quiere decir. La casa no era mía, pertenecía a una tía que apenas se había divorciado. Ella me la dejó cuando se fue a vivir a Estados Unidos con su hijo. Así pues, yo no pagaba alquiler y sólo debía cuidarle el jardín mientras se vendía. El gas, el teléfono, la luz y una sirvienta que venía a hacer el quehacer una vez por semana, eran mis únicos gastos ese último semestre en la universidad.

La casa tenía dos pisos. En trece meses que viví allí, sólo subí en cinco o seis ocasiones a las habitaciones de arriba. Abajo había dos habitaciones más, de las cuales yo sólo utilizaba la más grande, la misma que pertenecía a mi tía. Tenía una hermosa vista a un jardín no muy pequeño, extraordinariamente bien cuidado por un jardinero que me cobraba las perlas de la Virgen. Yo lo hubiera abandonado; sin embargo, una de las condiciones para poder quedarme ahí, en Xel-Ha, era pagarle al jardinero lo que *él quisiera cobrar*. En tiempos de lluvia, el precio casi se me duplicaba. Ya no venía dos veces al mes sino tres y hasta cuatro.

Una cortina raída ocultaba la vista del cuarto al jardín. Como no había vecinos sino dos lotes más allá, y como la casa estaba rodeada de muros por los cuatro lados, prefería mantener las cortinas y las ventanas abiertas en el día: podía mirar el jardín mientras pasaba la tarde leyendo cosas mejores que

Altamirano y los novelistas mexicanos del XIX (con excepción de Payno). A veces prefería alquilar un par de películas porno o sentarme a escribir en la computadora que tenía en la sala. Ésta la había acondicionado de tal manera que parecía una pequeña biblioteca. Dos enormes guardarropas que mi tía había abandonado en el cuarto de la servidumbre, los dispuse de tal forma que me sirvieran como sendas repisas para libros. Aun así faltaban lugares dónde acomodar los cientos de ejemplares, por lo que utilicé el baño de visitas. Al lado del excusado, al fondo, había un pequeño cuartito (antes una ducha) lleno de repisas que mi tía utilizaba para blancos. Yo lo acondicioné para libros. El que entraba quedaba atónito e ingresaba por primera vez a un baño-biblioteca; tenía, pues, todo para sentarse a leer.

Aparte de la espaciosa sala, estaba la cocina, perfectamente instalada. Allí acomodé una mesa de patas plegadizas y unas cuantas sillas que hacían las veces de humilde comedor. Éste era una suerte de invernadero minimizado pues, en lugar de techo, existían ventanas y, alrededor, profusos grupos de flores y hiedra que pugnaba por subirse a las paredes. La casa en sí era un bastión floral; era, podía suponerse, la dicha de cualquier jardinero —no mi dicha. Conmigo, debo admitirlo, algún deterioro debió sufrir todo este inmobiliario desde el momento que mi indolencia no me permitía siquiera regar las innumerables macetas desperdigadas dentro y fuera de la casa. La sirvienta lo hacía, ¡pobres plantas!, una vez por semana. Mis padres me obsequiaron un pequeño refri antes de irse a vivir a Querétaro. Allí almacenaba lo único que el tedio me permitía hacer cuando me ganaba el hambre: chuletas, salchichas, quesos, jocoque, jamón, pan negro, pan árabe, empanadas listas para freír, pasta, jitomates, limón, cervezas, refrescos.

Creo que no hay nada más que decir sobre la casa, excepto que tenía una puerta eléctrica que nunca mandé a arreglar y, por tanto, nunca utilicé en el año y pico que viví en Xel-Ha. El auto lo estacionaba fuera. Para llegar a la casa de mi tía (entonces mi casa) se tomaba la carretera hacia el Ajusco viniendo antes por todo el Periférico hacia el sur de la ciudad. A los dos kilómetros, pasando Reino Aventura, se tomaba a la izquierda por una larga calle en declive. Se atravesaban varias bocacalles. Casi al final, trescientos metros al fondo, se veía una caseta de policía. Allí enfilaba uno hasta topar a la izquierda con una calle sin pavimentar. En ésa, no recuerdo su nombre, vivían multitud de los llamados *paracaidistas* que, poco a poco, se habían apoderado de los terrenos sin pedir permiso a nadie. Por eso, en las noches, se veían grupos de chavos banda, *punks* y rockeros de veinte a cuarenta años, bebiendo o fumando mota mientras ponían la consola de su auto y te veían pasar con ojos ásperos y sanguinolentos. Una fogata en medio de todos iluminaba sus perennes rostros crispados e, inevitablemente, me recordaba a los gitanos de una novela de Hrabal, *a esos gitanos que tanto les agrada hacer en el lugar donde trabajan una pequeña hoguera con vigas que parten con el pico, un fuego ritual, un fuego nómada que chasquea vivaz, como la risa de un niño, un fuego que es el símbolo de la eternidad, anterior al pensamiento del hombre, un pequeño fuego gratuito como un don del cielo, un signo vivo del elemento, que los peatones pasan de largo con indiferencia, un fuego que, en las zanjas excavadas de las calles de Praga, nace de la muerte de las vigas partidas con el pico, un fuego que calienta los ojos y el alma nómada, y cuando hace frío, también las manos.* ¿Eran los *paracaidistas* de mi calle, esos nómadas de las ciudades, igual a esos gitanos? Quiza sí. Sólo al principio, debo decirlo, les tuve miedo; luego ya no. Ellos eran, por supuesto, los primeros interesados en que nadie robara a los vecinos pues en ellos recaería la culpa. Me saludaban con un gesto displiscente cuando me veían pasar en mi coche. En realidad eran una especie de terribles cancerberos, pues nadie que no conociera esas inmediaciones se hubiese atrevido a pasar de noche por allí, esas calles fúnebremente deshabitadas, desarboladas. Me estacionaba fuera de la casa, a veinte o treinta metros de ellos, y de inmediato me metía esperando encontrar un vidrio roto o una puerta forzada. En trece meses nada sucedió. Sólo se metió Úrsula y, para hacerlo, no tuvo que romper ninguna ventana.

V

URBANO

Todo empezó, debiera decirlo, el día en que me di cuenta de que un auto esperaba fuera de la casa de Úrsula. Agazapado entre las sombras de los árboles, un Mustang rojo aguardaba a que los dos bajáramos del auto y entráramos. Yo nunca imaginé todo esto, nunca lo supuse y jamás me di cuenta de ese centinela sino hasta entonces. De inmediato supe que había estado allí siempre, desde el primer día que visité la casa de Úrsula. Se lo dije.

—Sí, Bernardo, tienes razón, nos espía —dijo con su infatigable voz cansada, una paradójica mixtura de timbre que sólo su garganta lograba producir: falta de fatiga y cansancio, parsimonia, seguridad, una asombrosa falta de asombro ante todo.

—¿Qué? —casi le grité, fuera de mí, mucho más intrigado que molesto.

—Se llama Urbano, es mi ex novio —entonces no me di cuenta de la diferencia que podía existir entre la expresión "es mi ex novio" y "era mi novio": toda.

—Pero ¿por qué no me lo habías dicho? —la conminé—, ¿qué quiere?

—Está loco —me dijo, la respuesta más sencilla y más evasiva de todas cuantas hay: la afirmación que no tiene réplica pues todo está dicho, conjurado, cuando alguien está loco.

—¿Está loco?

—Sí, déjalo —y luego de unos segundos añadió—: Bernardo, si un día se te acerca no le hagas caso, no le prestes atención. Está completamente loco.

—Úrsula, creo que esto merece una explicación.

—Desde que nos conocemos, nunca te he pedido una sola explicación —me había atrapado.

—Sí, lo sé; sin embargo, nunca me habías hablado de Urbano, de tus novios.

—Tú tampoco de tus novias, Bernardo —aguardó y me dijo—: ¿Quieres algo? Voy a calentar un poco de agua para un té.

—Sí, gracias —y me contuve, no quería que se moviera de su lugar, deseaba que se sometiera a mi interrogatorio y me contara todo. Sin embargo, repito: me contuve. La esperé.

Trajo el té luego de unos minutos. Me hice el distraído, le puse un poco de azúcar a la taza, revolví y aguardé todavía un poco más para no parecer torpe, desesperado, urgido de oír una explicación de sus labios cuanto antes. No dijo una palabra. Ella lo sabía: yo iba a empezar, estaba comenzando a enamorarme de Úrsula y no me daba cuenta. Ella lo sabía y yo no, tampoco sabía que ella se daba cuenta de mi amor.

Le pregunté una vez más, sin insistir demasiado, modulando la voz, seguro de que iba a convencerla y hacerla decir la verdad. Por fin, luego de mojar sus labios rojísimos con el agua caliente del té, me dijo:

—Podría quedarme callada; sin embargo, te voy a contar. Que conste que tú nunca me has contado, Bernardo. Es cierto, yo tampoco te he querido preguntar. Urbano y yo fuimos novios tres años; rompí con él hace cuatro meses. Bueno, en realidad primero fue una especie de *break*, de respiro. Decidimos esperar a que pasara el tiempo y saber lo que nos convenía a los dos. Se ha vuelto loco desde que le dije que ya no lo quería volver a ver, que no lo necesitaba. Él está seguro de que lo amo. Y yo estoy segura de que no. Mira, Bernardo, sería mentira si te dijera que tú no tienes que ver en esto. Al contrario, sí tienes que ver. Y mucho.

—¿Cómo?

—Me gustas, ¿qué no se nota? —dijo con cierta coquetería pero guardando su habitual seriedad. Por fin destapaba una carta.

—¿Y por qué dices que está loco?

—No pasa día en que no esté allí fuera, espiándome desde su coche. ¿No lo habías notado?

Me sentí un idiota. Le dije que no con la cabeza. Sin embargo, no se me ocurrió pensar entonces por qué antes no me lo había dicho y, en cambio, sí esperó a que yo me diera cuenta. Mucho tiempo después lo comprendí.

—Estoy segura que se va a cansar, es cosa de esperar un poco. No hay que hacerle mucho caso. Si te pregunta o dice algo, no le prestes atención, no lo oigas. Está loco.

—¿Y qué hace?

—¿A qué se dedica? —repitió como si no me hubiera entendido.

—Sí —insistí—, ¿no tiene nada que hacer? ¿No sabe hacer otra cosa que espiarte, maldita sea?

—No, tiene mucho dinero.

—¿Cuánto es mucho?

—Lo suficiente para no trabajar.

—Bueno, ¿y qué le gusta?

—Ahora está haciendo una maestría en Historia del arte.

—¿Dónde?

—En la UNAM —dio un sorbo a su té.

—¿Qué?

—Sí —rezongó Úrsula—, en tu misma facultad, en Filosofía y Letras.

—¿Por qué no me habías dicho? Tal vez lo haya visto.

—No, él va por las tardes. Sólo algunas tardes.

—¿Y con quién vive?

—Solo.

—¿Y cómo sabes *tú*? —el primer síntoma de celos comenzaba a despuntar: me di cuenta. Sólo el que se enamora puede sentir celos, ¿no es cierto, Marcel?

—Pues porque he ido muchas veces a su casa. Imagínate si no: en tres años.

—¿Y qué hacían?

—Desempolvar antigüedades, numerarlas, catalogarlas. Comprar cuadros, trípticos, acomodarlos.

—¿Cómo? —no podía creerlo—, ¿no te aburría?

—Al principio no, luego lo fui detestando. A él y a sus cachivaches.

—O sea que en eso invierte su dinero.

—Sí —monosilábica, ligeramente taciturna.

—¿Y qué hacían después? —caía en la trampa, preguntaba justamente lo que no debía preguntar—. No me digas que pasaban horas limpiando y observando cuadros.

—¿A qué te refieres, Bernardo?

—Tú sabes a qué me refiero —por fin di un sorbo al té: estaba completamente frío.

—Veíamos películas, nos besábamos…

—Se acostaban juntos —la interrumpí.

—Te lo diría —dijo socarronamente—, pero no, nunca me acosté con él.

—Y ¿por qué piensas que te voy a creer?

—Porque Urbano pertenece a una familia poblana, ultra-católica, del Opus Dei.

Me dejó perplejo. Podía haberme imaginado todo excepto *eso*. Un argumento infalible, irrefutable. Urbano era un loco, un historiador del arte sin quehacer, millonario, poblano, ul-tracatólico, de una moral incorruptible y bovina y, para colmo, del Opus Dei, un fanático racista seguidor de monseñor Es-crivá de Balaguer.

—¿Y qué edad tiene?

—Cuarenta y tres.

No daba crédito a mis oídos. Úrsula veintidós y su ex no-vio cuarenta y tres. ¿Quién de los dos estaba más loco?

—Y ¿cómo andabas con un tipo de cuarenta y tres? —era la pregunta obvia, obligada—. ¿Es divorciado, viudo o qué?

—No, soltero —bebió, tomó su tiempo y dijo—: Una tarde, saliendo de la facultad, a unas cuantas cuadras de mi casa, se me acercó. Había estacionado su auto. Me preguntó que si me podía llevar, yo llevaba los zapatos en una mano y caminaba descalza. Nunca lo hago pero el dolor era insufrible. Insistió y yo acepté. Me parecía feo, un típico güero desabrido y sin chiste. Fue sin embargo muy respetuoso conmigo y al final me pidió el teléfono para salir. Insistió cerca de un mes y por fin acepté. Durante seis meses no intentó siquiera tocarme la mano. Ya sé que te parece increíble, Bernardo, pero es verdad. Se lo dije a mi mamá y ella me insinuó que tal vez fuera *gay*. Justo un día después que se lo comenté entre risotadas, Urbano se me declaró y yo acepté. Había olvidado su edad o, más bien, no me importaba. Había olvidado lo que muchas amigas se dedicaron a decirme cuando lo supieron: que Urbano era un rabo verde. Nunca noté las diferencias de edad, si quieres saberlo.

—¿Y qué pasó luego?

—Nada, sólo me pidió que me casara con él.

—¿Cuándo?

—Hará cosa de un año —suspiró y luego me dijo—: Entonces me empezó a llevar a reuniones prematrimoniales a las que acudían sus cuñadas, su madre, algunas tías ancianas, curas de la familia, ¿tú sabes?, tacitas de té, galletitas. Algo realmente insoportable. Cuando terminamos le devolví el anillo.

—Y desde entonces te persigue.

—Más o menos.

—¿Y por qué terminaron?

—Es largo de contar. Mis padres no lo quieren. Todo comenzó cuando ellos me encontraron en misa con él un domingo.

—No entiendo —le dije.

—Mis padres son ateos, anticlericales y así nos educaron a mi hermana y a mí.

—¿No crees que tus padres exageraron?

—En lo de la misa, sí. Se armó un verdadero lío esa ocasión y desde entonces, por una u otra cosa, no se pueden ver, se detestan.

—O sea que tú ibas a esas reuniones a escondidas.

—Sí.

—Te quería incluir en *su* tribu.

—Exactamente —dijo—, y cuando mis padres lo supieron...

—Lo puedo imaginar.

—Ni siquiera estoy bautizada —me confesó Úrsula.

Guardé silencio. Era demasiada información para un día. Debía procesarla primero. Entonces le dije con la mayor ingenuidad:

—¿Y por qué no les dices a tus padres que el tipo está afuera?

—Ni se te ocurra —me levantó la voz por primera vez.

No digo que me gritó pues Úrsula nunca lo hacía. Por eso digo que oírla levantar el tono de la voz me dejó verdaderamente paralizado. Me di cuenta de que había cometido un error. Pero ¿cuál? Lo más natural era decirle lo que le dije. Si el hombre que estaba fuera estaba loco, era necesario hacérselo saber a sus padres.

—Discúlpame, Bernardo —se aproximó, me tomó de las manos—. Si mi papá sabe que está fuera, lo mata, te lo juro. Lo mata.

No quise averiguar más. Me levanté, hice el ademán de despedirme y Úrsula se me acercó. Nos abrazamos. Quería mantenerme sereno, digno, por lo menos hasta donde las circunstancias me lo permitían. En realidad no me lo permitían. Estaba anonadado con tantas noticias. El ángel que parecía Úrsula se descomponía, empezaba a sufrir severas alteraciones que, sin embargo, el amor sustituía con inaudita celeridad.

Salí.

VI

La oscura y fasçinante virginidad de Úrsula

Mi hermana se había casado dos años antes con un neozelandés. Allí vivía desde entonces. Luego de haber renunciado a la compañía para la que trabajaba, Charles, su esposo, decidió emprender un negocito que a través de los meses empezaría a rendir sus frutos. Yo, debo decirlo, vivía de ellos. Aunque detestara cualquier otra cosa que no fuera la literatura y la pornografía (mi oculta afición), había estado con él desde un comienzo, cuando hacía un año y medio me lo pidió.

Sucede que en Nueva Zelanda no hay canteras o no hay las suficientes, por lo cual el abasto de yeso es ínfimo. Antiguamente se importaba de México pero en los últimos años se prefirió importar de Australia. En pocas palabras, el negocio del yeso rendía desde que se le intentaba utilizar para la agricultura y ya no para la fabricación de tabla roca; es decir, como sustituto de la cal. Debido a las grandes cantidades de superfosfato con que se abona la tierra, el suelo se alcaliniza en exceso y es necesario, pues, neutralizarlo con cal. Como ésta es muy cara, el yeso funcionaba a la perfección como sustituto. Los agricultores empezaban a habituarse al yeso desde que Charles y un tío suyo lo introdujeran. Aunque yo no había viajado aún a Auckland, donde vivían, era habitual el contacto que manteníamos pues, desde un principio, yo les serví de intermediario en el negocio. Lo hice al principio con las yeseras y, posteriormente, con las mismas canteras en Puebla donde pasaba a veces días enteros en discusiones sobre tarifas con los ejidatarios. El negocio no sólo era el del yeso, sino a últimas fechas también intentábamos importar azufre y triple super-fosfato. Yo recibía una cantidad mensual desde hacía año y medio, nada despreciable. Algunas veces, sobre todo al principio, intenté alejarme del negocio para poder dedicarme a lo mío y jamás lo logré: la falta de dinero y mi incapacidad para ahorrar no me lo permitían. Sin embargo, el negocio prosperaba: en el fondo, no me arrepentía de haber continuado con Charles y mi hermana. Lo mío, la literatura, lo olvidé hasta ahora que intento bosquejar esta historia verídica que nada tiene sin embargo de literaria.

Todo esto lo sabía Úrsula. Aunque no compartía mi interés por el yeso, sí compartía mi interés por la literatura y por Nueva Zelanda —era, entre otras cosas, una ferviente admiradora de Katherine Mansfield. Tal vez deba decirlo: ambos gustos y la insistencia que puso en ellos fueron los que me acercaron cada vez más a ella sin darme demasiada cuenta. Úrsula estudiaba psicología en la UNAM; es decir, en el edificio aledaño al mío. Verla a ella allí, entre sus compañeras, era extraño, realmente desusado. Sin embargo, esta diferencia parecía agradarle, parecía llenarla de satisfacción. Una rubia entre morenas, una chica rica entre un berenjenal de chicas clasemedieras.

Un día o dos después del altercado en su casa, recibí un nuevo fax de Charles. Me pedía investigar los precios del flete y la embarcación para mil toneladas. La última estimación no les convenció. ¿Cómo podían haberse encarecido tanto los precios desde el último embarco hacía menos de un año? Prometí investigarlo cuanto antes, a sabiendas de que el pensamiento puesto en Úrsula y Urbano me lo impediría, y así fue. Pasaron dos días cuando, sin lograr contenerme más, la llamé. Quedamos para esa misma tarde. Antes, pasé alrededor de tres horas deambulando por la casa, merodeando en el jardín, revisando el trabajo que había hecho apenas un día atrás el jardinero. Invariablemente el césped quedaba impecable, lo cual, por un lado, me daba gusto y, por otro, colmaba mi avaricia. ¿Quién miraba esa labor impecable excepto Úrsula cuando, por fin, se decidía a venir? La recogí a las cinco. Allí estaba su madre, saliendo de la cocina como si sólo fuera obra de la casualidad. La saludé y entonces le dijo:

—Deberías invitar a tu hermana. La tienes muy olvidada, Úrsula.

Sentí un alfilerazo en el cuerpo. No sé en dónde. Quizá fue en todas partes. Gracias a Dios, oí la voz de Sofía que gritaba desde arriba:

—No mamá, yo no quiero ir. No puedo.

—Bueno, como tú quieras —y volteando a verme a mí, taladrándome con los ojos—: ¿A qué horas piensan regresar?

—Temprano —respondió ella.

—Temprano, señora —dije yo también, aunque en el fondo estuviera irritado.

Los dos, Úrsula y yo, sabíamos a dónde queríamos dirigir nuestros pasos. Tener que regresar temprano era acortar el plazo que aguardábamos para estar juntos en la casa de Xel-Ha. Un segundo antes de salir sonó el timbre del teléfono. Úrsula se precipitó a contestar. Preguntó algo y por fin colgó.

—¿Quién era? —preguntó su madre.

—Nadie. Colgaron.

—El "mudito" otra vez —dijo la señora dándose la vuelta y sin despedirse de nosotros.

Nos subimos al auto.

—¿Adónde vamos? —me preguntó cuando ya íbamos en camino.

—Tú ya sabes dónde, Úrsula —le contesté.

Estaba tan irritado que entonces sólo esperaba un hipócrita reparo para que por fin se colmara mi paciencia. No lo hizo. Así que tomé derecho hacia la casa. Veníamos callados por lo que decidí prender la radio. Justo entonces me acordé: ¿cómo no me había fijado si el Mustang estaba allí, al acecho? Traté de recordarlo, repetir la llegada a su casa, el momento en que me estacioné justo enfrente de su puerta, el minuto en que salimos y subió al auto. Nada. Simplemente no recordaba nada. Quizá iba tan abstraído en mis pensamientos que nunca reparé en Urbano y su Mustang rojo. Traté de memorizar los ojos de Úrsula, su actitud, sus gestos, sus silencios. ¿Estaría nerviosa cuando salimos? ¿Lo habría visto y quizá hubiera preferido no decirme una palabra? No logré recordar un solo detalle. Por fin lo olvidé justo cuando enfilábamos por la carretera del Ajusco. Esta vez la impaciencia me devoraba. Ya sólo tenía voluntad para estar con Úrsula. Ésta era la cuarta o quinta vez que preferíamos visitar la casa de Xel-Ha en lugar de un cine. Llegamos. Traté de serenarme. No quería parecer torpe, excitado. Me estacioné. Nos bajamos, abrí las tres puertas que resguardan la casa y sin muchos preámbulos nos dirigimos a mi recámara. Como no había un solo sillón, ni siquiera un par de cojines o almohadones aparte de mi cama, que pudiese hacer las veces de inmobiliario, recostábamos la espalda contra la pared. Encendía el televisor y me recostaba en sus piernas. Úrsula me acariciaba mientras yo comenzaba a subirme en ella, despacio, hasta tocar su cuello con mis labios y besarla. La escena usual era, en muchos sentidos, bastante grotesca. Sin embargo, como toda escena entre dos, nadie más que ellos podía mirarla. Y nunca dos amantes ven lo grotescos que son. De pronto ella le pedía que cerrara las cortinas. Él se quejaba. ¿Para qué? Para que no nos vean, le decía. Nadie nos puede ver, ¡qué paranoia!, ¿no ves las bardas, Úrsula? De todas formas, ciérralas, Bernardo. Y bueno, yo las cerraba. Quedaba sólo un hilito de luz, un pequeño brillo que flotaba y nos hacía oscilar dentro del cuarto. No fue sino hasta esa quinta ocasión que logré quitarle la blusa. La escena, la situación misma, era absurda. Hoy, esa tarde a las seis, veía por primera vez sus senos: increíblemente blancos, puntiagudos, breves. Los pezones eran tan rojos y vivos como sus labios, parecían a punto de sangrar. Me volví loco con ellos. No dejaba de jugar y entretenerme como si fuera un niño de tres años de edad.

Sabía asimismo que el placer que yo sentía le producía mayor placer a Úrsula que el que yo, *strictu sensu,* le podía proporcionar. Intenté desabrocharle el pantalón y no pude. Se resistió. Interrumpí la faena; es decir, dejé de besarle los hombros, los labios y los senos. ¿Qué pasa?, le dije. No quiero, contestó ella simplemente. No hice caso, volví a mi recorrido y, por fin, logré desabrocharle el pantalón. Antes que otra cosa, metí mi mano (antes de que ella se volteara y volviera a abrochárselo). Por fin la toqué. Sólo por un instante sentí que su carne abierta iba a rehusarse. Luego cejó. Moví mi mano dentro de ella como si fuera mi cuerpo el que se moviera. Así pasé un largo rato hasta que decidí bajarle los pantalones en un santiamén, antes de que ella pudiera percatarse. Justo entonces Úrsula se paró de un salto, rojísima, desconcertada. Y más pronto que lo que me llevó desabrocharle el pantalón, ella ya estaba vestida, parada frente a mí, urgiéndome por irnos. No dije nada. Salimos de casa. Pasamos un grupo de chavos alrededor de una fogata escuchando música bajo los tilos. Entonces, poco después de entrar a la carretera, rompiendo el silencio, le dije:

—¿Qué te pasó? De pronto te entraron las prisas.

—Acuérdate que dijimos que regresábamos temprano.

—Sí, pero no tan temprano, son las ocho —yo sabía que aquello era sólo una excusa—. Tienes miedo, ¿verdad?

—No exactamente.

—¿Entonces?

—No estoy segura de que quiera acostarme contigo.

—¿Por qué? ¿Se puede saber?

—Porque apenas te conozco.

—¿Qué?

—Lo que oyes.

—O sea que necesitan pasar tres años para que te convenzas.

—Sólo te pido un poco más de tiempo.

—Tiempo para que olvides a Urbano —giré para ver el efecto de mis palabras en su rostro.

—No, tiempo para estar segura de lo que hago.

—Está bien, está bien —esperé un instante; sin embargo, un segundo después arremetí—: Con él, ¿cuánto tiempo debió pasar?

—Ya te dije que nunca me acosté con él.

—Mientes. Antes me dijiste que sí te habías acostado.

—Pero no desnudos, y tampoco hicimos el amor.

—Sí, sí, sí —le respondí harto—, Urbano era del Opus Dei, ya lo dijiste, Urbano era un santo poblano. ¿Crees que te voy a creer?

—No me importa si me crees o no.

—O sea que no te importo.

—Yo nunca dije eso.

Me di cuenta de que nunca podría contra Úrsula. Tenía respuesta para todo. Un verdadero arsenal. Por fin entramos a la calle donde vivía. En la esquina, a veinte metros de la casa, estaba el Mustang rojo. Apenas se lograba mirar el cofre pues las sombras de los árboles no permitían mayor visibilidad. Urbano, por lo visto, buscaba muy a propósito los lugares dónde guarecerse: como una rata, como un alacrán.

—Allí está el loco —le dije aguardando ver qué respondía.

—Sí, ya lo sé.

—¿Y bueno? —pregunté.

—¿Y bueno qué? ¿Qué quieres que te diga? ¿Acaso yo le pedí que estuviera allí esperándonos?

—¿Y ahora qué se supone que hagamos?

—Nada. Entrar —dijo justo cuando me estacionaba y, sin esperar a que le abriera, se apeó dirigiéndose a la puerta. Me hubiera gustado más verla dirigirse hacia él, verlos a los dos, oírla gritarle, vituperarlo, correrlo de allí. Sin embargo, sólo abrió la puerta, me hizo pasar como si nada (yo intentaba no mirar atrás, hacerme siempre el desentendido), me ofreció un café y la esperé en la sala.

Cinco minutos después decidí pararme e ir a buscarla a la cocina, por lo visto sus padres y su hermana no estaban o no pensaban bajar. Me llené de paz, de cierta demoniaca alegría, no sé cómo decirlo. Me aproximé a ella, la abracé y empezamos a besarnos mientras oíamos el chisporrotear del agua en la estufa. Así estuvimos un rato largo hasta que de forma exabrupta Úrsula me empujó hacia un lado, desquiciada.

—¿Qué te pasa? —le dije.

—Lo acabo de *ver* —me respondió mirando a través de la ventana de la cocina que daba justo a una calle lateral.

—¿Qué?

—Nos estaba espiando.

—¿Estás segura?

—Sí.

—Ya estoy harto —levanté la voz—. O le pones remedio o se lo pongo yo.

Salí de la cocina decidido a irme de esa casa, a alejarme cuanto antes de Úrsula. Me interceptó.

—No, espera. Por favor, espera unos minutos, Bernardo. Estoy segura de que en un rato se va a ir. Está furioso, lo conozco.

—¿Y qué diablos me importa que esté como esté?

—Por favor, tómate el café y después te vas. Hazlo por mí.

—¿Y qué más da que me vaya, si de cualquier forma *tú no quieres que se lo diga a tus padres*? —le respondí como si se tratara de un reclamo infantil.

—No entenderías, Bernardo. Te lo juro.

—Ya lo sé, hay muchas cosas que no entiendo porque tú no me las dices.

—Con el tiempo las sabrás.

—Sí, todo es cuestión de tiempo, según tú.

Sin embargo, ya estaba bastante más apaciguado. Úrsula hizo que me sentara, hizo que me bebiera el café, me dio una rebanada de pastel que dejé intacto y, por fin, logró que transcurriera el tiempo necesario que ella intentaba hacer pasar. Me levanté, le di las gracias y enfurruñado me dirigí a la puerta. Vi mi reloj: cuarto para las diez. El suplicio que significaba ahora ir hasta mi casa inmovilizaba mis piernas, me impedía salir. En el fondo sólo deseaba quedarme allí más tiempo (ahora que no estaban sus padres), al lado de Úrsula, sin despegarme de ella un instante.

VII

El rompimiento

Justo al abrir la puerta de la calle, cuando ya me había despedido de Úrsula, vi caminar hacia mí, por la acera húmeda, una figura ancha, no muy alta. Llevaba las manos metidas en el pantalón —signo del frío que hacía, pero también signo de virilidad. La vi a ella observarlo venir, *reconocerlo*. Era *él*. Por fin, bajo la luz que iluminaba el umbral de la casa, logré columbrar sus facciones. Parecía un hermoso *bulldog*. Es decir, aunque era de facciones toscas, no se puede decir que fuese horrible. Era, lo que se dice, un hombre normal. Fornido, rubio como Úrsula, de cuarenta y tres años justamente. Nos miramos. Lo primero que pensé, Gonzalo, todavía lo recuerdo, fue: qué tipo, cuántas agallas para acercarse a una casa donde sabe que lo pueden matar. Lo sé, Gonzalo, fue un pensamiento absurdo, incongruente, cuando el que peligraba era yo, nadie más. Sin embargo, no le tuve miedo, nunca me amedrenté. Simplemente se paró al lado mío, frente a ella. Entonces ya no lo miré a él sino que la contemplé a ella y lo comprendí todo. El miedo, el terror, se habían adueñado de su cuerpo, su rostro, de cada uno de sus movimientos. Es más, Úrsula no hacía ningún movimiento. Sólo esperaba. Entonces él le dijo con voz áspera, dura, exageradamente viril:

—Úrsula, ¿qué pasa? ¿No me vas a presentar?

—Sí —dijo ella; tiritaba, te lo juro, Gonzalo—, es Bernardo. Bernardo, un amigo...

Ésa fue la primera puñalada, la han de haber reconocido ya ustedes, lectores. Sin embargo, era verdad. Yo era su amigo.

No cualquier amigo, es cierto. Pero debido a que me había sentido el dueño de la situación durante casi un mes, ahora la *amistad* con Úrsula se volvía en mi contra. Yo no podía responder ni decir o hacer nada. Era cierto: yo era su amigo.

Entonces él le dijo sin voltearse a verme, de nuevo con su voz infatuada, viril:

—¿Y quién soy yo?

Cierto temblor se apoderó de los labios y los maxilares de Úrsula cuando contestó:

—Mi novio. Urbano, mi novio.

Ustedes amigos, lo saben, lo pueden imaginar, me conocen. Ésa fue la segunda puñalada. No podía y ni debia escuchar más. Dije solamente, girándome hacia él y sin despedirme de Úrsula:

—Mucho gusto.

Obviamente no le di la mano. Aunque soy estúpidamente civilizado no puedo serlo tanto, ¿comprenden? Me subí al auto, le di marcha y escapé de ese infierno triangular como pude. Aunque determinado a huir, una especie de letargo se apoderó de todo mi cuerpo. El dolor se empeñaba en adueñarse rápidamente de él. Todavía lo recuerdo, Gon, un par de lagrimitas rodaron y eso me dio más coraje que dolor. Si Úrsula no era mi novia ¿de qué, pues, me quejaba, de qué diablos sufría? ¿No es cierto, Gon?

VIII

Encuentro con Urbano

Lo que sigue resulta casi imposible de creer, pero es cierto. Yo no podría haberlo inventado… por tanto: es cierto. Me refiero al encuentro con Urbano. Fue justo al salir de la colonia donde vivía Úrsula, una serie de calles y casas residenciales, cuando oí el cláxon de un coche. Miré por el espejo y comprobé que la mancha roja que salía de entre las tinieblas de la noche era el Mustang de Urbano. De pronto, lo asumo, me asusté. Me hice a un lado. Él puso inmediatamente su auto al lado del mío y, estirándose para bajar la ventanilla, me gritó algo. Al principio no lo escuché bien, supuse que me llamaba en buenos términos debido al timbre de la voz y al gesto con que me había interceptado, pero no lo entendí bien. Me pidió que me parara, que deseaba hablar conmigo un momento. Lo hice. Yo no tenía nada que temer, me repetía, yo no había hecho nada por lo que debiera huir. Me estacioné. Él hizo lo mismo. Tomó su tiempo antes de bajarse de su coche y por fin se me acercó. Bajé mi vidrio.

—¿Sí? Dime —le dije afable, seguro.

—Discúlpame, no quiero molestarte —hablaba con precaución, cuidando cada palabra y cada movimiento para no asustarme—. Te quiero preguntar algo, nada más.

—Dime.

—¿Quién te ha dicho ella que soy yo?

—Su ex novio —le contesté.

—Perdóname, pero no es cierto.

—Entonces ¿quién eres? —le pregunté sabiendo que hacía mal, reconociendo que debía haberle dicho: "Perdóname, pero ése no es mi problema. Adiós".

—Ella te lo dijo, ¿no?

La respuesta de Urbano era irrefutable. Ella lo había dicho y los dos lo habíamos oído: *su* novio.

—Lo que quiero saber es qué te dijo antes —insistió—, pues parece que a los dos nos decía cosas distintas…

—Ya te dije, un ex novio.

—Porque a mí ella siempre me dijo que tú eras su maestro de computación.

Me quedé perplejo.

—¿Y tú se lo creíste? —le dije.

—Sí… al principio. Desde hace una semana ya no. Saliste de su casa a las once el otro día, ¿cierto? Ningún maestro sale de una casa tan tarde —tomó aliento, esperó un segundo, y me dijo—: Oye, ¿por qué no nos tomamos un café? Yo te lo invito.

No lo podía creer. Mi enemigo me invitaba a tomar un café y yo aceptaba, querido Ocho, querido Octavio, ¿lo puedes creer? Me sentía solo, desamparado, a mitad de la noche, seguro de no volver a ver a Úrsula jamás, ¿qué podía perder? Nada. Acepté. Seguí su auto hasta un Sanborns. Eran las once de la noche cuando llegamos y salimos de allí a la una. A continuación te cuento lo que conversamos, Ocho, con puntos y comas, como a ti te gusta oírlo.

Nos sentamos. Él pidió café y yo me hastié de beber té toda la noche.

—Si eres su novio, ¿por qué no sales con ella? —le pregunté a bocajarro nada más se hubo ido la mesera.

—Te equivocas, sí salgo con ella, sólo que tú, por lo visto, no lo sabes.

—¿A qué horas sales, si la veo todas las tardes?

—Por las mañanas.

—¿Cómo?

—Muy sencillo, Bernardo. Como sus papás no me quieren, optamos por vernos todas las mañanas.

—¿Y a qué horas va a clase?

—Falta. O a veces entro con ella.

—O sea que me engaña.

—No sé qué te ha dicho a ti.

—Pues nada. Que va a sus clases por las mañanas…

Guardó silencio. Se le veía molesto pero no tanto como debía estarlo. Yo, en cambio, no cabía en mí de azoro o enojo, no sabría decir exactamente qué era, Octavio.

—¿Y qué hacen por las mañanas cuando no va a clases? —le pregunté.

—A desayunar o a mi casa. Allí nos la pasamos hasta la hora de comer. Entonces ella se va a la suya.

—¿Y por qué no se casan?

—Es un poco difícil de explicar —me contestó—. Íbamos a hacerlo hará cosa de un año.

—Me lo dijo —lo interrumpí.

—Pero tuve una pelea con sus padres. Nunca me quisieron, y desde entonces, menos. Cuando discutí con ellos, Úrsula salió en mi defensa y dijo que, si no me aceptaban, ella iría a casarse con o sin su consentimiento. Se fue de su casa.

—¿A dónde?

—A casa de su abuela. Allí vivió un mes hasta que por fin volvió.

—¿Y por qué no se casaron? —insistí.

—Preferí esperar un poco más. No quería sacarla por la puerta chica, ¿comprendes?

—No, no comprendo.

—Quiero decir, quería hacer las cosas bien. Arreglar los problemas con sus padres y luego…

—Así que tú postergaste lo del matrimonio —le dije, aunque comprendí lo que en el fondo él quería: estar seguro de integrarla a su tribu antes de casarse con ella.

—Sí, y en cierta manera, eso fue lo que la hizo devolverme el anillo.

—¿Se sentía humillada? —era un aspecto típico del perfil de Úrsula: la reconocí en las palabras de Urbano.

—Supongo que sí.

—¿Pero no terminaron?

—No. La única diferencia es que ahora no puedo entrar a su casa.

—¿Qué pasaría si te viera el padre?

—No sé. La última vez que quise arreglarlo, el señor me volteó la cara, no me dio la mano, ¿comprendes? No puedo aceptar tanta humillación. Me harté y lo mandé al carajo.

—Y ahora, ¿por qué no se casan? —dije muy a pesar mío—, ¿no sería una gran solución?

—Ella no quiere.

—¿Y por qué me buscaste?

—Muy sencillo: me empezó a entrar pánico.

—¿De qué?

—De que realmente le gustaras.

—¿Y cómo puedes saber que le gusto, acaso ella te lo dijo?

—Claro que no. Desde el momento en que ella me engaña, Bernardo, y me dice que eres su maestro…

—Comprendo —aguardé un instante, di un sorbo al té y por fin le dije—: No te preocupes. No pienso volver a acercarme a tu novia o lo que sea. Incluso, se lo puedes decir.

—Creo que es lo mejor, te lo agradezco.

El conformismo de que hacía gala no lo podía asimilar aún, Ocho. ¿Por qué aceptaba las cosas tal cual? No lo sé. Me enferma pensar que no hice nada y ya no dije una palabra al respecto. Sólo esperé, di pequeños sorbos al té mientras él hacía lo mismo. Por fin, para despejar el ambiente, creo que Urbano me preguntó un par de cosas íntimas. Le conté de mi trabajo, de Nueva Zelanda, de las disputas con las azufreras que no cumplían con la cantidad establecida, de mi familia y la literatura. De la pornografía no hablé, recordé que él era un ultracatólico consumado, un piadoso hombre del Opus Dei.

—Por cierto —me dijo un poco antes de despedirnos, dispuesto a propinarme el último golpe de gracia—, ¿te has fijado cómo se levanta a contestar el teléfono cuando alguien llama?

—Sí, lo hace antes que nadie —le respondí—. Incluso cuando alguien más contesta, cuelgan. Su madre lo llama el "mudito".

—Soy yo —confesó y luego se quedó pensativo—. ¿Así que el "mudito"?

—¿Y para qué llamas?

—Cuando no puedo ir a su casa, la llamo. Ella sabe que más vale que la encuentre allí. Por eso contesta —aguardó y dijo con una sonrisa entre viril y pretenciosa—: Imaginarás que a Sofía o a sus padres, que me detestan, nunca les voy a contestar.

—O sea que ellos creen que ustedes dos ya no se ven.

—Exactamente.

—¿Y si lo supieran? —pregunté.

—Sería la guerra, ¿comprendes?… Es mucho mejor así. A escondidas, sin remover las aguas.

Comprendí: yo era simplemente la coartada, el escudo que Úrsula mostraba a sus padres y con el cual podía cuidar las apariencias. Me sentí humillado. Le pregunté a Urbano:

—¿Por qué dices que más le vale a Úrsula estar allí, en su casa? ¿Qué pasaría si no te hiciera caso?

—La dejo. Ella lo sabe —me contestó muy confiado.

Úrsula le tenía miedo, pavor. Ya me lo había demostrado antes, cuando lo vio acercarse a la puerta de su casa. Sólo me quedaba preguntarle:

—¿Y no crees que se arriesga demasiado saliendo conmigo?

—No, no se arriesga en absoluto, Bernardo —me dijo con una expresión parecida a la de un *bulldog*—, yo sé todo lo que ustedes hacen. Ella me lo cuenta.

Me quedé atónito, cada sitio, me daba vueltas la cabeza, cines, quería huir, restaurantes, no volver a saber de ellos, quiénes son tus amistades, Bernardo, jamás, Rafa y Octavio, por ejemplo, hablarles por teléfono en cuanto llegara a Xel-Ha, horarios de clase. Me dio su tarjeta y maquinalmente la guardé sin siquiera obsevarla. Me retiré abotargado, triste, Gon, y lo dejé pagando la cuenta.

IX

Puebla *versus* Nueva Zelanda

Al otro día, muy temprano, me topé con el fax de Charles. Estaba justo en el buró junto a mi cama. Lo volví a leer. Antes de terminarlo, ya había decidido irme a Puebla a resolver los precios del flete, la cantidad del yeso que se iba a transportar y los meses que tardaría. Tenía que olvidar a Úrsula. Tenía que olvidar a esa pareja demente. Hice una pequeña maleta, la subí al auto y sin darme siquiera un regaderazo, me fui. Durante las dos horas y pico de carretera cavilé todas las posibilidades: la verdad o mentira de las palabras de Urbano, la verdad de Úrsula que *sí coincidía con la de él* y la que *no coincidía*, las justificaciones de ella o sus verdades a medias. Pero ¿y si él verdaderamente estaba loco, como decía Úrsula? Entonces recordé lo que me dijo: si se te aproxima no le hagas caso, vete, Bernardo. Y no lo hice. Sin embargo, una cuestión no quedaba clara aún: ¿por qué me pidió algo que casi de inmediato sucedió? ¿Es que lo auguraba, lo sabía? ¿Él se lo había advertido y ella, por tanto, quiso prevenirme, curarse en salud? Entonces, era cierto: los dos se veían, tal como Urbano me había dicho; él sabía cada uno de nuestros movimientos. Pero entonces, otra vez, ¿por qué permitió que saliéramos durante casi un mes? ¿No me habría visto antes ir y recogerla? Claro que me había visto. Por alguna extraña razón permitió, primero, que saliéramos (tal y como me confesó) y de pronto se arrepintió apareciendo de improviso en la puerta de la casa, poniendo las cosas claras ante mí, ante Úrsula y Bernardo. Tal vez sólo jugaban conmigo, jugaban con fuego y de repente él vio cómo el fuego lo iba a quemar. Se sintió amenazado. Sí, eso debía ser. Los besos y el comportamiento de Úrsula me lo decían, me lo aseguraban, en eso no me podía equivocar. Pero ¿quién en sus cinco sentidos o sencillamente enamorado iba a permitir que *otro* saliera con su novia? Imposible. Si se iba a casar con Úrsula, ¿por qué entontes no hacerlo? Toda esa parte de su historia quedaba trunca, difuminada. Sí, aquello de la puerta chica, la tribu familiar, etcétera. ¿Era la suya verdaderamente una cuestión de honor, como él decía? ¿El problema era en realidad el insulto recibido por parte de los padres de Úrsula? ¿Acaso vivían ambos un *break,* tal y como ella me había dicho, y ahora, por consiguiente, Úrsula quería demostrarle algo a *él,* usándome? Bien podía ser. Sin embargo, ella juraba que ese *break* había acabado ya. Imposible dilucidar si era cierto. De cualquier manera, una cosa sí quedaba clara: ante mis ojos y con mis propios oídos, Úrsula se presentó como su novia, asumió su noviazgo. Se contradijo ante mí. Primero había dicho que era un ex novio y, luego, frente a él, "mi novio". Sin embargo, otra duda me asaltó: ¿y si ella realmente lo hizo intentando evitar una pelea? Podía ser cualquier cosa y ahora ya nunca lo sabría. Toda una serie de lucubraciones pasaron por mi mente e hicieron mi llegada a la ciudad de Puebla la más veloz de todas cuantas había hecho en el último año y medio.

Usualmente me instalaba en casa de mis tíos, en la colonia Prados Agua Azul. De allí podía concertar las citas y ver a los dueños de las canteras o a los distribuidores del azufre. Así lo hice. Saludé a los tíos, me instalé y empecé a hacer algunas llamadas. Esa misma tarde, luego de comer, estaba frente a uno de esos hombres mofletudos, completamente incultos, pagados de sí. Me sentó frente a un escritorio deslucido, lleno de pisapapeles, plumas y un letrero que rezaba su nombre y el título: gerente general. Luego de dos horas y sin haber resuelto nada (por ejemplo, mantenerme el precio del último flete), me levanté y sin despedirme ni darle la mano, salí. Ya estaba arrepentido cuando descubrí que la culpa de todo la tenía Úrsula. O mejor: el recuerdo de Úrsula que no me permitía hacer nada bien. Y es que la cólera me hacía traicionarme a cada paso.

A punto de subirme al auto, vi a una mujer acercárseme. La reconocí: era la secretaria del gerente. Me pidió que esperara, el licenciado deseaba decirme algo. Por fin lo vi. La secretaria se hizo a un lado y él se aproximó hasta la puerta de mi auto. Sudaba: como un perro desacostumbrado a caminar de prisa. Me dijo:

—Discúlpeme, no es cosa mía.

—No entiendo —le respondí desconcertado.

—Lo único que le puedo decir, es que *alguien* habló con el señor Olvera. Lo desacreditó a usted y a sus clientes en Auckland.

—¿Qué? ¿Quién?

—Un tal señor Zubizarreta —dijo—, Urbano Zubizarreta.

—¿Y en qué se basó? —pregunté: yo ya no estaba desconcertado, todo me parecía realmente natural, previsible.

—En el parentesco —me contestó el gerente.

—¿Cómo? No entiendo. ¿Cuál es el parentesco?

—El dueño se apellida Olvera Zubizarreta —contestó el gerente sin parar de transpirar y mojarme la mano izquierda—. Si no me equivoco, el señor que vino a verlo era un sobrino.

—¿Cuándo?

—¿Cuándo vino? —repitió hinchando los mofletes.

—Hará un par de semanas —dijo la secretaria.

Sí, Úrsula se lo había dicho. No había otra forma. Entonces él quiso vengarse y acudir con el tío rico. Pero éste ¿cómo podía aceptar?, ¿quién era al cabo ese sobrino? Entonces supuse que el gerente general se aturdiría cuando le hiciera esta pregunta (y así fue):

—¿No sabe usted si el señor Olvera pertenece al Opus Dei?

—Ni idea —contestó luego de pensarlo unos segundos—. ¿Por qué? Disculpe la indiscreción.

—Por nada —contesté.

A punto de arrancar el auto, oí la voz de la secretaria junto a mí, próxima a mi oído, *secreteándome*:

—Sí, es del Opus.

Enfurecido, salí del edificio y tomé hacia Prados Agua Azul. Me sentía como aquel protagonista de *Los crímenes de la Rue Morgue*, Monsieur Dupin, despistado y siempre a punto de volver a atrapar el hilo conductor del asunto: Zubizarreta – Olvera – Opus Dei – Ultracatolicismo – Puebla – Iglesias – Cantera – Yeso – Tótem – Tribu – Nueva Zelanda – Charles – Selma – Yo, Bernardo.

No sabía qué hacer al respecto; por lo pronto debía intentar resolver el problema por otros medios, otras empresas, y así lo hice. Todavía estuve una semana en casa de mis tíos, contactando yeseras nuevas (y también ya conocidas) al mismo tiempo que intentaba olvidar a Úrsula. Creo que no lo logré; sin embargo, ocho días después, habiendo resuelto el problema del flete para el yeso y el azufre, le escribí a Charles: faltaba alquilar unas bodegas para guardar los costales antes del embarque. Esa misma tarde regresé a México. No habían pasado un par de días cuando recibí un fax de Charles en el que me recordaba que el azufre debía ser en laja y no en terrón; hasta abajo se leía una posdata de Selma, mi hermana, donde me reprendía: hablaba de la carta que un tal señor Zubizarreta les había escrito reconviniendo en ella mi comportamiento con el gerente general de la empresa y con su secretaria quienes hasta entonces… El susodicho había escrito con la firme inteción de que tanto Charles como su tío dejaran de depositar su confianza en mí. Según Zubizarreta, agregaba mi hermana, ellos harían bien en quitarme la "intermediaridad" con las yeseras y azufreras, las cuales él conocía mucho mejor que yo, Bernardo…

Releí la carta seis veces lleno de estupor.

El timbre del teléfono me despertó justo la sexta vez que sonó y a punto de comenzar la carta por séptima vez consecutiva. Antes de haber descolgado el auricular me di cuenta del abominable error en que estaba y repasé mi sueño tal y como aquí lo cuento, Nacho.

X

LA VERDAD SOSPECHOSA

Ese día salimos al Foxy's, ¿te acuerdas, Jorge? Allí te platiqué lo que pasaba y sin embargo no me quisiste creer, pensaste que era un simple alucinamiento mío, pasajero; a ti te caía bien Úrsula, aunque sólo la hubieras visto una vez. Incluso, si no me falla la memoria, te conté el sueño que acabo de relatar, ¿verdad que ahora sí parece real? Olvidamos el asunto cuando un par de muchachonas encueradas se vinieron a sentar a nuestra mesa. Luego de un rato de charla insulsa, les pedimos un *table dance* y allí estaban las dos, enfrente de nosotros, sentadas en la mesa, las piernas abiertas sobre nuestros hombros, enseñándonos *todo*. Creí que necesitaba un poco de esto luego del encuentro nefando con Zubizarreta. ¿Zubizarreta? ¿Cómo sabía el apellido? De inmediato fui a las faltriqueras de mi pantalón y saqué la cartera atropelladamente; allí guardaba la tarjeta con su nombre. Eran las tres de la madrugada cuando salimos del Foxy's, Jorge. Te llevé a tu casa y tomé hacia el Ajusco. En el fondo, mi perversión, mi hábito (el de los coños y los culos pelones), no guardaba el más mínimo atractivo ahora que me faltaba Úrsula, ahora que *sabía muy bien* que no la iba a volver a ver. Llevaba conmigo, rumbo a casa, un gran desasosiego: el de nunca volver a saber nada de ella y, sobre todo, el de jamás obtener *la verdad* lisa y llana. Era eso lo que justamente deseaba. Sí, la verdad. La verdad desnuda. Ninguna mujer desnuda podía darme ahora la satisfacción de la verdad. Sólo encararla a ella, a Úrsula, hacerla *decírmela*, podía hacer menguar mi sufrimiento. Entonces ¿qué harías con la verdad? ¿Te serviría de algo? No, es cierto. No me serviría mientras no coincidiera con lo que yo, a cualquier precio, *deseaba escuchar.* Entonces me di cuenta: lo que en el fondo quería era recuperarla a costa de la verdad o sin *ella.* Eso era lo peor. Mi excusa era la verdad. Cualquiera que *ella* fuera, yo la digeriría como tal, la haría mi credo, un acto de fe, la asumiría litúrgicamente. Deseaba tan sólo que esta verdad coincidiera con Úrsula, con mi amor por Úrsula. Si ella me *la dijera*, yo la aceptaría y olvidaría las palabras de Urbano. Por otro lado debes saber que entonces esperé ansioso una llamada tuya. Debías llamarme, aclararme lo que pasó, me lo merecía. No lo hiciste. Pasaron dos semanas ruines, llenas de tribulación y de sueños absurdos como el que apenas conté. Casi no salía de Xel-Ha aguardando el timbre del teléfono. Y no me llamaste. Podían ser mis padres, una amiga, Ocho o Pedro, pero nunca tú. Ya me conocías. A estas alturas del partido, ya me conocías, Úrsula, y sabías que tarde o temprano te iba a llamar. Y así lo hice. Te llamé dispuesto a oír *tu versión,* dispuesto a oír *la verdad.* Creía que iba a *oírla,* pero me equivoqué otra vez. Yo, en lo más hondo de mi ser, no quería *oírla* y muy bien supiste responder a ese reclamo. Por saber la verdad, sucumbí, caí en la trampa más negra que pudiste haberme tendido. Claro: abusando de mi amor por ti, Úrsula.

XI

La reconciliación

La tarde de la reconciliación estuve esperándola como un rabino espera al Mesías, inflamado de amor, con espíritu seráfico y angelizado. Debiera incluso decir que la añoré aunque ésa es la forma más cursi de explicar mi ansiedad por Úrsula. Y es que, cuando uno ama, el tiempo se ductiliza de tal forma que el movimiento (en este caso el movimiento de mi cuerpo) parece perforar un largo túnel que nunca va a desembocar a ningún lugar. Por fin, cuando te vi saliendo de tu casa, sí, en el mismo umbral donde te dejé dos semanas atrás, vislumbré un reducto de luz, una salida. ¿Te acuerdas, Jorge, que un día me justifiqué diciéndote que no podía dejarla, pues hacerlo simplemente me hacía sufrir? ¿Y entonces para qué deseaba sufrir gratuitamente si no lo toleraba? Y tú me respondiste: para no deprimirme luego, para no arrepentirme después. Qué fácil argumento el mío y qué fácil respuesta la tuya.

Fuimos a un lugarcito al que nunca habíamos ido antes. Nos sentamos en un rincón de ese escondrijo que tú escogiste, Úrsula. Pedimos dos cafés y esperamos. No dijimos una palabra hasta que tuvimos las tazas frente a nosotros (extraño ritual de los amantes: no les importa el café y, sin embargo, se vuelve un alimento indispensable, sacro, sin el cual nadie puede sentarse a platicar y a reconciliarse).

—¿Tienes algo que decirme? —otra vez empecé yo: bastaba de rituales y de esperas. Ya había esperado mucho.

—Sí —dijo.

—Espero —respondí entre seco y afable, desesperado por oír *la verdad.*

—Bernardo, perdóname.

—¿De qué? —pregunté cauto.

—De haber dicho lo que dije, una mentira —suspiró—, Urbano no es mi novio.

—Entonces por qué lo dijiste.

—Si no, te iba a golpear. Lo conozco.

Enmudecí, esa respuesta —podría haber puesto las manos al fuego— ya la había soñado. Sin embargo, antes de que pudiera decir una palabra, continuó:

—Se hubiera puesto como un loco. Yo habría empezado a gritar…

—Y tu papá se hubiera enterado, ¿no es cierto? —terminé no sin cierta malevolencia—. Es decir, habría matado a Urbano.

—También.

—¿Y no hubiera sido mejor que lo matara de una buena vez?

—No digas eso —no se enojó, sólo puso un dedo en mis labios y con la otra mano me cogió la que estaba sola, sobre la mesa—. A ti te quiero, Bernardo.

Me dio un vuelco el corazón. Sin embargo, no quería que ella se diera cuenta y ofusqué de inmediato cualquier signo que me delatara. Imposible. Úrsula me calibraba a fondo, aquilataba mi amor por ella, gramo a gramo. Respiré hondo, intenté calmarme un poco, y pregunté:

—Entonces ¿por qué me dejaste ir?

—Porque Urbano todavía se quedó hablando conmigo, no podía seguirte y darte una explicación en ese momento. Me amenazó cuando le dije que iría tras de ti.

—¿Y por qué esperaste a que te llamara yo, por qué no me llamaste al otro día?

—Por dos razones —dijo y dio un sorbo a su café—. La primera, porque ésa era mi intención inicial. Iba a hacerlo, te lo juro.

—¿Y por qué no lo hiciste?

—Porque pensé que ya nunca me querrías ver luego de lo que pasó.

Me quedé meditabundo. No dije nada. Di un sorbo a mi café y la oí dar su segunda razón, la que realmente me dejó perplejo:

—El otro motivo fue que, justo cuando ya me había decidido, Urbano fue a buscarme a la universidad. Dos días después de lo ocurrido, si no me equivoco.

—¿Y qué te dijo?

—Que ya no querías volver a verme. Confirmé así mi primera razón.

Me dejó atónito. El hijo de puta se lo fue a contar, ¿te das cuenta, Rafa?

—¿O sea que te dijo que nos vimos? —le pregunté.

—Sí —respondió ella, anotándose otro punto a su favor, un punto imprescindible cuando casi todos estaban en su contra—. Y lo hiciste a pesar de lo que te pedí: que no le hicieras caso, Bernardo, pasara lo que pasara. Te advertí que estaba loco. Eso me decepcionó, si quieres saberlo.

—¿Y cómo explicas que sepa tanto de ti y de mí, tantos detalles, las cosas que hacemos, los lugares adonde vamos? —le pregunté sin ocultar mi cólera—. Él me dijo esa noche que tú le contabas todo lo que hacíamos, también me dijo que en las mañanas no ibas a clases.

—¿No te das cuenta, Bernardo? —una voz meliflua de mujer me preguntó, me conminó a creer cada cosa, cada partícula de una historia infame—. Está loco. ¿Realmente crees que me interesa ir a contarle lo que hacemos? ¿Qué ganaría? Dime, ¿qué ganaría?

—¿Entonces? —insistí.

—Nos sigue —respondió contundente—. Desde hace más de un mes está detrás de nosotros. Por eso lo sabe, por eso conoce los lugares adonde hemos ido, Bernardo.

—¿Y por qué no me lo habías dicho, Úrsula?

—Porque no lo supe sino hasta dos días después de que te fuiste de la casa.

—¿No sabías que estaba en pos de nosotros? —inquirí.

—Claro que no —me contestó definitiva, malhumorada.

Tomé un poco de aliento. Era demasiado. Di un sorbo al café. Traté de ordenar el maremágnum de respuestas de Úrsula. ¿Qué más debía oír, Gon, para creerle? ¿Qué más debías oír, Bernardo, para creer todo lo que ella te decía? Intenté desmenuzar la información, confirmarla mientras bebía café y la veía a los ojos. No podía. Úrsula comenzó a acariciarme la mano, la barbilla y a mirarme con ojos lánguidos, de perro apaleado. Es curioso: era un perro apaleado y sin embargo extraordinariamente altivo, Gon.

—¿O sea que no son novios? —le pregunté, casi le rogué.

—No, Bernardo. No somos.

—¿Y por qué hablas con él?

—Porque me busca a todas horas, ¿qué quieres que haga? No me deja en paz. Si no le hago caso cuando él quiere, se pone como una furia, se mete al salón de clase, se sienta a mi lado…

—Pero si le hablas, le das más cuerda, ¿comprendes, Úrsula? —quise explicarle, enseñarle, ¡estúpido de mí!

—Lo sé, Bernardo, pero también quiero que me entiendas: no es tan fácil, salimos tres años. No puedo dejarlo hablando solo. Lo estimo, le guardo cariño por lo que fue, pero ya no lo quiero. Por favor, créeme, te quiero a ti, sólo a ti.

—Entonces es verdad que salen juntos por las mañanas, que dejas de ir a clase para estar con él.

—Invenciones suyas, ¿qué, no te das cuenta todavía? Urbano está dispuesto a decir cualquier mentira con tal de quitarte del camino, con tal de que me abandones —esperó un instante y continuó—: Si lo que quieres saber es si hablo con él, bueno, pues sí hablo, pero nunca fuera de la universidad, y a regañadientes. Se tiene que acostumbrar, hacerse a la idea, sólo que no quiero herirlo, ¿me comprendes, Bernardo?

No dije nada. Tenía y no tenía razón. Era la suya una razón que a mí, por lo pronto, no me incumbía: no herir a Urbano, el antiguo novio, el loco, el perseguidor, el fantasma de Escrivá de Balaguer. Di un último trago al café: sentí las borras en todas mis encías. Esperé todavía un par de minutos para pedir la cuenta, esta vez sin mirar a Úrsula al rostro. Por fin hice una seña al camarero y de inmediato me trajo la cuenta. Pagué.

—¿Nos vamos? —le dije.

Se paró, yo detrás de ella. Estábamos los dos más tranquilos, mucho más serenos, por fin reconciliados o a punto de la reconciliación, ¿puedes creerlo, Octavio? Salimos del escondrijo aquel y de inmediato un viento fresco secó el sudor de mi frente y mis manos. Me acerqué a ella, la abracé. Ella hizo lo mismo.

Caminamos por una pequeña calle lateral bajo los tilos. De pronto, en un arrebato de alegría, en un loco arrebato de seguridad (pues *la poseía,* Ocho, ¿comprendes?, la estaba abrazando, ligera bajo mi cuerpo, tibia), me paré en seco, la detuve a ella, volteé hacia los lados para confirmar que nadie nos veía, y la besé. No sólo la besé, Gon, Ocho, Rafa, Jorge, Beto, Pedro, Armando, Gerardo, Nacho, sino que también le pedí que fuera mi novia, se lo habría pedido de rodillas si en ese preciso momento no hubiera pasado una sirvienta con un kilo de tortillas bajo el brazo. Me dijo que sí, la muy perra me dijo que sí. Aceptó y entonces, sin saber, yo acepté de nueva cuenta vivir mi Érebo predestinado, mi infernal triángulo de amor.

XII

LA ENFERMEDAD DE OCCIDENTE

Yo sé que mi historia, hasta este momento, más parece un pastiche cursi y empalagoso, Pedro, que una novela porno, tal como insinué al principio. Pero todo lo que he dicho no es absolutamente nada todavía. Es, sí, un melodrama común, un típico triángulo amoroso de los que las telenovelas están ahítas en nuestros días. Si fui cursi en el capítulo anterior, pido una disculpa: son menesteres del oficio, faenas ingratas que hasta el mismo Sade debe dibujar antes de pasar al plato fuerte, preámbulos importantísimos. Sin embargo, una cosa debo confesar. Este relato es pornográfico sólo desde un punto de vista bastante *sui generis.*

Esa noche llegué contento a casa, exultante de alegría. Y es que hasta el mismo Don Juan es digno de enamorarse *formalmente* alguna vez, quiero decir, que hasta el más golfo merece lo tomen en "serio" una vez en la vida. Úrsula era mi novia; es decir, *mi* mujer: enfermedad común de Occidente, la de poseer objetos, títulos de propiedad, mujeres, *una* mujer. ¡Jo, jo, jo, ahora me retuerzo de la risa! ¿Poseer una mujer? ¿Quién posee a quién? Pero no importa, no quiero caer en disquisiciones que no vienen a cuento. Lo interesante es que al otro día, a la hora de comer, lleno de gozo, telefoneé a Úrsula para invitarla a una fiesta. La llamé a ella, que era *mi* novia, *mi* mujer, *mi* acompañante y, por tanto, *debía* aceptar.

—No puedo —me dijo a través del auricular, ese aparato con cordón que conecta misteriosamente a los vecinos, a los enemigos, a los insufribles novios que se creen con derechos inalienables, venidos desde el tiempo de las cavernas; es decir, a imbéciles como yo—, perdóname, Bernardo.

—Es viernes, ¿por qué no?

—Desde hace una semana Agustín me pidió que fuera con él a una fiesta.

—¿Agustín tu vecino? —me acordé de él inmediatamente: ese mismo que te regaló un cachorrito, Rafa.

—Bueno, pues vamos a *su* fiesta —le dije mientras radiografiaba a Agustín: vecino inofensivo, cachetón, bastante gordo, lo que se dice feo.

—No puedes ir.

—¿Y por qué no?

—Es de boleto.

—¿Y qué importa? Seguro que Agustín nos consigue otro.

—¿Tú crees que no lo intenté ya? —me respondió Úrsula, esta vez bastante agresiva: ¿cómo no iba a prever *ella* que yo querría ir?

—Bueno, pues entonces invita a Agustín con nosotros —me sudaba la mano mientras cambiaba el auricular de oreja a oreja: yo condescendía, incluía al gordo de Agustín, ¿puedes creerlo, Nacho?

—No puedo, de veras discúlpame, Bernardo. No quiero que te vayas a enojar. Te prometo que mañana salimos. *A donde tú quieras.*

Esa última frase hacía alusión a mi casa, a Xel-Ha, a los *dos juntos.* Sí, un chantaje muy femenino. Impecable, habría que añadir, ¿no crees, Pedro? Imposible no aceptarlo. Por favor, ponte en mi lugar, no es tan fácil.

Sin embargo, quedaba un último argumento por esgrimir, un último intento que, a la postre, me humillaba. ¿Por qué? Porque reconocerlo era humillante y, en cambio, no reconocerlo dejaba las cosas blandas, irreconocibles.

—¿No crees que me merezco tu compañía más que Agustín? —ahora te das cuenta, Pedro, comprendes la humillación, la autoflagelación de que hacía gala tu amigo, digna sucesora de una novela de Sacher-Masoch. ¡Qué bajo había caído! Y la respuesta obvia, contundente:

—No es cosa de merecimientos, Bernardo. Entiende, hace una semana le prometí acompañarlo —y para rematar—: Entonces yo no sabía que nos contentaríamos, no imaginaba que me volverías a buscar.

—Pero ya lo hice, ya nos contentamos ayer, y eres mi novia. No la de Agustín.

—¿Sabes? Eres imposible —dijo—, llámame mañana, Bernardo. Adiós —y colgó.

¿Qué más debía soportar? Yo sé que por mucho menos, Gon, tú ya la habrías mandado a chingar a su madre. Ustedes, Pedro y Armando, también. Sin embargo, ahora que lo digo ya no estoy tan seguro: ¿realmente la dejarían si estuviesen enamorados como yo estaba enamorado de Úrsula? Creo que no. En ese momento la voluntad es simplemente una cagarruta de pájaro volante o, más bien: una cagarruta volante de pájaro.

Y bueno, fui a mi fiesta solo, deambulé por allí como un paria, me porté bien, estúpidamente bien. Reconozco que no merezco perdón de Dios, del cielo, ni tuyo, Armando (aunque no me importe tu perdón), pero a cualquiera le puede pasar, amigos, enamorado a cualquiera.

XIII

El piano

El sábado la recogí a las cinco. Preferí no hacer la más mínima alusión al día anterior. Estaba muy serio, lo suficiente como para dejarle ver que su comportamiento no me había agradado. ¡Como si eso le importara a Úrsula! Al llegar a su casa y al salir de ella, me fijé si Urbano estaba cerca. No vi su Mustang. Ya en el auto le pregunté a Úrsula si deseaba ir al cine. Dijo que sí. Tal vez deseaba sorprenderla llevándola a *otro* lugar que no fuera mi casa, a Xel-Ha, y sin embargo, el sorprendido fui yo cuando, encantada, aceptó ir a ver *El piano*. Desde hacía un par de semanas tenía deseos de ir a ver esa película. Cuando me encontré con que la historia transcurría en Nueva Zelanda, la tierra de Katherine Mansfield y de Charles, el marido de Selma, fue inevitable volver a mi sueño y también imaginarme cómo vivirían ambos esposos en Auckland. ¿Sería igual? ¿Entre lodazales, ciénagas, géisers, cielos rasos y lóbregos? ¿Sería *El piano* una premonición de lo que, dentro de muy poco, iba a vivir yo? Contemplar ese triángulo de amor de mitad del siglo XIX fue un mazazo que no esperaba recibir en ese momento. Sí, yo calibraba desde entonces —y mucho antes— la posibilidad de que estuviera viviendo un triángulo, una de esas historias nefandas como la de *Thérèse Raquin*. Sin embargo, las palabras y el camaleonismo de Úrsula lograban neutralizar mis dudas cada vez que me asaltaban y se las hacía saber. O también cuando no se lo hacía saber: Úrsula era una temible pitonisa que adivinaba mi pensamiento, mis sentimientos y hasta mi futuro.

Salimos del cine, fuimos a comer algo y platicamos. Nada importante, tal vez sólo nos congraciamos, nos prometimos amor, etcétera, toda esa cháchara insulsa e insalubre de los enamorados. Al llegar a su casa me encontré, no muy lejos, el Mustang rojo; dentro, la sombra de Urbano, el fantasma de Escrivá de Balaguer. Entonces, por primera vez, debo admitirlo, el pánico se apoderó de mí. Allí estaba, fiel voyeurista, el hombre con el que dos semanas atrás conversé hasta la una de la mañana, el mismo a quien le había prometido no volver a buscar a *su* mujer. Es decir, a *mi* mujer, mi novia. Estaba atrapado, envuelto en una red cuyo tejido era tan sutil que apenas podía columbrar sus fibras pensando que eran simples pelusas, nada más.

Sin avisarme, Úrsula bajó enfurecida del auto, dio un portazo y se dirigió hacia el Mustang rojo. Algo hablaron. Él nunca se bajó del coche. No pude mirar sus facciones, sus gestos, pero los de ella sí, al menos eso creo: estaba enojada, gesticulaba frente a la ventanilla. El fantasma de Escrivá de Balaguer no se inmutó. Úrsula se dio media vuelta y se aproximó a mi auto, me dijo que por fin se lo había quitado de encima, que no lo quería volver a ver, que sólo deseaba que se fuera ya. Me pedía perdón, me aseguraba otra vez que no era su culpa, me prometía no hacerle caso, ni siquiera como *un amigo,* dijo que ya no se compadecería de él, que estaba harta. Me dio un beso y entró a su casa. Yo no tuve tiempo de decir una palabra, de pedirle una explicación. ¿Qué debía hacer? Por un momento quedé en ascuas, petrificado, nerviosamente victorioso. Miré el auto de Urbano. Allí continuaba, quieto y aturdido. ¿Qué esperaba? ¿Por qué no se marchaba ya? De seguro estaría fuera de sí al comprobar que había vuelto con Úrsula, que ella y yo nos habíamos congraciado. Quizá me iba a matar, tal y como ella me lo había advertido. Sin embargo, *ya lo conocía.* No era de ese tipo de hombres, sino más bien cobarde, pusilánime, una especie de *bulldog* con una virilidad impostada, nada más. En ese instante me di cuenta de por qué estaba allí, esperándola. ¿Cómo no lo habías pensado antes, Bernardo? Claro: la había llamado y no había respondido el teléfono. Lo había vuelto a intentar. Tampoco. Sofía o su madre habrían contestado. Nada. El "mudo" otra vez, se sonreirían ellas olvidando el asunto de inmediato. Sin embargo, la madre, en su fuero íntimo, sospecharía que es *él*, no podría asegurarlo pero lo intuiría. *Él*, por su parte, lo volvería a intentar después de esperar unos cuantos minutos, marcaría. Por fin, luego de repetir la llamada seis veces, habría descubierto el embuste, la falta de acatamiento de *su* prometida: Úrsula no está en casa, ha salido sin decirle a Urbano a dónde. Son las ocho de la noche del sábado y no está. Son las nueve y no está. Para él, para ese loco, ese cautivo enamorado de Úrsula, no existe otro placer que el de esperarla a hurtadillas, acosarla, mirar quién la acompaña. ¿Es posible que sea Bernardo otra vez?, se pregunta. No, es imposible, él ya no la va a ir a buscar, él la detesta, me lo dijo. Sí, se lo dije. Pero lo traicioné. Lo traicionaste, Bernardo. Sin embargo, recuérdalo: *él*, antes, te traicionó a ti, le contó con lujo de detalles lo que habían platicado en Sanborns, le confesó a ella lo que yo le había confesado a *él* y antes tú, Úrsula, me habías confesado sobre *él*. Ahora, no obstante, caía en la cuenta, amor: tú también estabas decepcionada de mí. Claro, aún debías guardar un filamento de rencor hacia ese novio ingenuo, hacia ese incauto que ahora miraba la sombra del fantasma de Escrivá de Balaguer. ¿Cuánto tiempo habría estado esperándonos? ¿Sería capaz de hacer algo justo ahora que me veía allí, fuera de casa de Úrsula, apenas despidiéndome? Claro, Armando: yo lo había timado, vilmente. No a propósito, es cierto, pero lo había timado con descaro, por culpa del amor. Mi pasión por esa loca no me impidió engañarlo y tampoco medir con frialdad las consecuencias. Y es que había visto el error en ese preciso momento.

El fatal desacierto había sido no sólo haberle llamado para "arreglar la situación", tal como le dije, sino peor aún *no haber previsto el desenlace de nuestro anterior encuentro*, ese jueves, en el escondrijo que ella escogió. Yo había pensado en todo, aunque en el fondo lo único que deseaba era estar a su lado y *eso* nunca lo acepté, *eso* jamás pude asumirlo: nunca iba a aceptar que en el fondo sólo me impelía ese miedo inmenso de vivir *sin ella*. Por eso fue tan fácil para Úrsula hacerme suyo otra vez. Un juego de niños.

Arranqué el auto y, justo antes de irme, otra nueva duda me asaltó, me descorazonó. ¿Y si Úrsula se hubiese arreglado con Urbano, si le hubiera pedido que la esperara allí hasta que yo me fuera? Entonces podrían hablar, ella se justificaría, le inventaría algo, lo llenaría de besos. ¿Era posible? No, no. No podría haberse atrevido a hacer algo así. Bernardo, alucinabas, comenzabas a imaginarte lo peor. Debías calmarte un poco, cuanto antes. ¿Qué sentido podría tener que le hubiera pedido que la esperara? ¿Qué explicación le iba a dar? Ninguna. Por otro lado, ella lo había vituperado hacía unos minutos. ¿Estabas realmente seguro, Bernardo? ¿Lo que habías presenciado fue una pelea entre los dos? ¿No lo habrías imaginado? ¿No estaría Úrsula esperando que te fueras? De inmediato volteé a ver su casa, cada uno de los grandes ventanales, el segundo piso. Nada. Las cortinas corridas, la luz apagada. Ella no estaba allí, no nos espiaba. Ya estaría dormida. Los únicos dos locos éramos Urbano y yo. Sí, también yo, no cabía la menor duda. Por segunda vez, Gerardo, el miedo se apoderó de mí. Estaba volviéndome loco. Imperceptiblemente comenzaba a caer, a jugar el juego de ese imbécil. Ella, en definitiva, no era culpable: sinceramente le creía, *me convenía creerle por amor*. Por fin pisé el acelerador. Salí de su calle y tomé la larga avenida arbolada que cruza su colonia, casi sin autos. De repente, la duda me asaltó otra vez: ¿y si ella, de manera furtiva, estuviera saliendo de su casa, entrando a su auto, conversando con él, besándolo? Estaba a punto de dar la vuelta en U para cerciorarme y descubrir la verdad cuando las luces de un auto se adhirieron a mí, a mi ropa, al tablero del coche. Miré por el retrovisor y descubrí el Mustang rojo. No se despegó de mí durante el trayecto de toda esa larga avenida despoblada. Ésa fue la tercera vez que sentí miedo, Nacho, pensé lo peor. Sin embargo, justo en el último recodo del camino, vi cómo me rebasaba y se iba como un bólido, despechado, desapareciendo en los confines de la noche como un día apareció. Urbano se alejaba terriblemente enfurecido, colérico. Me lo había dejado saber. Úrsula no había salido de casa (tal como llegué a pensar por un momento) y yo, el peor enemigo de Urbano, lo había traicionado. Pero dime, Armando, ¿qué otra cosa podía esperar él de un enemigo?

Enfilé hacia el Ajusco.

No sentía miedo y duda tampoco. Al contrario, Nacho, me sentí victorioso por primera vez. ¿Puedes creerlo?

XIV

Valdemina

Ese sábado dormí feliz, lo mismo el domingo, después de verla, luego de habernos desnudado en mi cama, en Xel-Ha. Otra vez sin haberte hecho el amor, Úrsula.

Urbano no estaba fuera de su casa cuando la dejé. Me fui tranquilo, debo decir: estúpidamente radiante, enamorado. El lunes, muy temprano, recibí una llamada tuya, Jorge, ¿recuerdas? Me pedías que fuera a sustituirte en un curso a Jalapa y de inmediato acepté; en el fondo no me dejabas otra alternativa. Pagaban buen dinero. Aunque el curso era de posgrado, de manera temeraria te dije que sí. El tema: los Contemporáneos. Me dio vértigo cuando lo volví a pensar, pero ya no podía arrepentirme. ¿Cómo iba a enseñarles a Cuesta si el especialista eras tú, si los estudiantes te esperaban? Preparé el curso durante toda la mañana: Jorge Cuesta y Gilberto Owen nada más, el *Canto a un dios mineral* y *Sindbad el varado,* cuatro clases, doce horas repartidas en cuatro días. Perfecto. Creo que con ellos dos, los subestimados de Contemporáneos, sería más que suficiente. Llamé a Úrsula para avisarle. Pareció contenta y me pidió que me cuidara; es decir, me llenó de espuma el pecho. Ese lunes, por la noche, salí en autobús. A las dos, en plena duermevela, recordé para colmo que Cuesta había sido de Córdoba, ¿cómo me atrevía a hablar sobre él en una universidad veracruzana? Pero hacia allá iba yo, Bernardo, *the unforgiven.*

No tendría ningún sentido desviar su atención, amigos, hacia ese viaje, esa suerte de interludio en la historia que me he propuesto contarles, si en Jalapa no hubiera conocido a la hermosísima beata Valdemina. De allí que me aparte un poco y me ponga a relatar lo que, de suyo, se vuelve inverosímil. Más inverosímil aún que mi relación con Úrsula.

En la estación de autobuses me recogió Joel Ramírez, tal como tú me habías pronosticado, Jorge. Los jalapeños, debo admitirlo, son exageradamente puntuales. Y esto también lo comprobé esa misma tarde, cuando Joel en persona vino a recogerme al hotel al diez para las cinco. Me llevó en auto a la universidad. Lleno de papeles, revistas y un par de libros, iba yo muerto de miedo, indeciso de saber si Cuesta era el indicado para comenzar o si Owen. Me decidí por el segundo. Joel me presentó con la clase, alentó a más de treinta rostros ávidos de conocerte y decepcionados de no verte allí, Jorge, el autor del libro sobre Jorge Cuesta. Joel Ramírez se disculpó, explicó tus razones (la cuales, yo sabía, eran pura mentira) y prometió tu visita para el próximo semestre. A esas alturas del partido, yo, mohíno, bastante desasosegado, había repasado cada una de las caras de mis nuevos treinta alumnos. Por fin, mientras Joel continuaba en su perorata exculpatoria–conciliadora, yo encontré los ojos divinos de la beata Valdemina y, por lo visto, ella encontró los míos. Comprendí, supe al instante, que ella no oía a Joel, lo mismo que yo había perdido el hilo de cuanto decía. Valdemina me miraba a mí. Al principio con disimulo, luego con un poco más de atrevimiento. Tú me entiendes, Jorge: ese ambiguo desenfado femenino que sin embargo no le gusta arriesgar más de la cuenta. Tantean, olfatean el terreno, trata por favor de imaginarte. Bueno, así lo creí entonces.

Me presenté, abrí los libros sobre el escritorio, tomé un gis y escribí brevemente las cláusulas en que dispondría el tiempo del curso. Muy serios, desconfiados, abrieron su cuaderno y me siguieron con excesiva atención. Justo entonces, al ver cómo una joven sacaba un cuaderno y empezaba a tomar notas, recordé una clase con Salvador Elizondo, hacía ya muchos años. Él, con dedo admonitorio, irascible, le dijo que cerrara el cuaderno y que mucho mejor haría leyendo a los poetas. Yo, obviamente, no les dije nada. Empecé a leer el poema de Owen, lo analizamos pasito a pasito (*Poesía y alquimia*, de Terrés, logró ser mi salvavidas) y, por fin, no sé cómo, pasaron las pimeras tres horas. Lo supe cuando Valdemina, en su rincón de virgen y beata, levantó la mano y con timidez dijo:

—Maestro, son las ocho y cuarto —se notaba que llevaba prisas aunque no sabía por qué.

—Disculpen, se nos fue el tiempo volando —volví al escritorio, respiré hondo, aliviado, y volteé para decirles—: Por favor, llámenme Bernardo.

Como estampida se vació el salón, recibí una docena de saludos o despedidas fugaces que noté apenas y sólo hasta el final descubrí, todavía en su rincón, a la beata Valdemina, púdica, vacilante, sentada al lado de un joven. Los dos se me acercaron. ¿Podía ser una casualidad? Me refiero a que si era realmente una *casualidad,* una fortuna del destino el que Valdemina se hubiese quedado hasta el final a *esperarme.* Todo ese tiempo pensé en Úrsula, no puedo negarlo, pero la carne es la carne, Gerardo. Puedo excusarme, pero a ella (quiero decir, a la carne) no puedo excusarla.

—Bernardo, te acompañamos —me dijo el joven.

Salimos caminando por el largo corredor iluminado, bajamos las escaleras juntos. Platicamos algo sobre Contemporáneos, sobre Novo y Gorostiza, aunque en el fondo sólo me importaba oírla a ella y *verla a ella verme a mí,* ya lo dije. Durante el breve trayecto al estacionamiento, Valdemina, con dientes perfectamente alineados, sólo me dijo su nombre: Valdemina. Todo lo demás fue un largo discurso apologético de Elías sobre Cuesta. Sí, el tipo se llamaba Elías. Buena persona, furibundo defensor de la poesía mexicana y, tal parece, loco admirador de Cuesta y Gorostiza. ¡La que me esperaba! Entonces, absolutamente asombrado, escuché a Valdemina interrumpirlo:

—¿Hacia dónde vas, Bernardo? Te llevo.

Le dije el nombre del hotel.

—No te preocupes, Valde —dijo él adelantándosele y adelantándoseme—, a ti te desvía mucho. Yo lo llevo. Tengo que ir al centro.

Y así fue. El metiche de Elías me llevó al hotel, propinándome un golpe que sólo Úrsula, mi noviecita santa, podía agradecerle sin conocerlo siquiera. El tipo sólo deseaba continuar hablando sobre Cuesta y los Contemporáneos, el jodeputa deseaba un interlocutor. Y yo, francamente, no. Por eso, nada más arrancar el auto, cambié el tema y lo llevé hacia Valdemina, a quien yo había puesto (sólo por placer) el nombre maravillosamente dulce de beata. Tuve que ser sigiloso y aunque no lo fui lo suficiente, supe al cabo lo único que deseaba saber.

—Sí, Valdemina es una chica excelente. Tiene mi edad, sólo que yo…

—¿Qué edad tienes tú, Elías? —le dije bajando el visillo del coche, inopinadamente.

—Venticuatro —o sea que Valdemina tenía veinticuatro.

—¿Y ya están los dos en la maestría? —subrayé lo de *los dos*.

—Aquí se hacen dos años de prepa solamente y, por lo demás, no hay mucho qué hacer. Pura perdedera de tiempo.

—¿Y las mujeres? —lo interrumpí.

—Igual, como no hay mucho qué hacer, se casan —dio un volantazo y dijo—: Sí, se casan muy jóvenes. Yo creo que por aburrimiento.

—No me digas que Valdemina está casada —qué obvio ¿no crees, Jorge?, ¡qué manera cínica de solaparlo! Hasta un niño me hubiera entendido.

—Y ese anillo ¿crees que es de bisutería? —y justo cuando Elías se giró a verme, sonrió una décima de segundo y volvió al volante: había comprendido.

—No me fijé —le dije y me sentí un imbécil, debo admitirlo: en *eso* no me fijé cuando debí haberlo hecho.

—A todos nos gusta —me dijo Elías volviéndome a mirar por una fracción de segundo—, no creas que eres el primero ni que la descubriste.

—¿Y desde cuando está casada? —pregunté.

—Hará cosa de un año. Poco más.

—¿Y él?

—¿Quieres saberlo? Un perfecto imbécil.

Me quedé callado. Elías empezaba a caerme bien. Comencé a entender por qué en Jalapa sólo se habla de literatura y de nada más.

Me despedí de él y quedamos de vernos al otro día en clase, a las cinco. Se acomedió a recogerme y me rehusé. Prefería irme por mi cuenta, caminar y conocer la ciudad. Cerré la puerta y entré al hotel. Volteé a ver la calle por última vez, dispuesto a irme a la cama cuanto antes, verdaderamente molido. Sentí el calor jalapeño, y por primera vez, descubrí la transpiración de mi cuerpo, su fatiga. Tenía la espalda empapada, el cuello, las piernas, los hombros. Me dispuse a entrar. En el *lobby*, sentada en una esquina, estaba *ella*, pétrea, hierática, sin inmutarse. El que se inmutó fui yo, debo admitirlo, Armando.

(Cuando dije que iba a relatarles una suerte de subhistoria de la que realmente me interesa contar, cuando dije que ésta iba a ser mucho más inverosímil que mi relación escalofriante con Úrsula, jamás me referí a lo que hasta ahora llevo contado sobre Valdemina, no soy tan ingenuo. Hay mucho más y hacia allá me dirijo, no quiero alargarme con ella y con quien fue, a la postre, una suerte de consuelo entre tanto abominable ursulismo.)

La saludé. No tuve que preguntarle qué deseaba pues ella, temiendo esa pregunta *como cualquier mujer la teme*, había resuelto contestar que sólo la llevaba allí…

—Esta pluma que olvidaste, Bernardo.

Me quedé helado, ¡oh bendita pluma, bendita excusa!, ¿dónde y por qué causa física o atmosférica te caíste? ¿Qué debía pensar? Claro, lo que cualquier hijo de vecino. Me acordé de la viuda de *Malos presagios* de Grass. Aquella memorable escena en que el viudo olvida no sé qué objeto en casa de ella —después de su primer encuentro— y ésta, al darse cuenta, decide de súbito írselo a dejar a su cuarto de hotel a mitad de la noche. ¡Ay, qué par de viuditos!

Cogí la pluma agradeciéndoselo con efusión y la invité a salir, a dar una vuelta por la ciudad. Para mi sopresa, no aceptó (no debí haberme sorprendido pues, *yo ya sabía*, Valdemina era casada). Y ahora ¿qué diablos debía hacer, a dónde iba a invitarla? Claro, al mismo bar del hotel. Entonces dijo que sí, sólo un ratito (movió la boca con dulzura inefable que hoy todavía recuerdo con más dulzura). Bebimos algo, platicamos cualquier cosa y a la *media* hora estábamos cogidos de la mano, solos en el bar, en el rincón más oscuro: como en un nicho de amor emboscado. Los detalles no importan demasiado. Lo que sí importa, amigos, fue lo *de después*. (No lo de después del bar, es decir, lo de la cama, los besos, el maravilloso cuerpo de Valdemina, etcétera, eso es *pornografía* y me lo voy a saltar *ex profeso*, a pesar de que, como he dicho, intento aquí recrear lo que a todas luces es una historia pornográfica y verídica.) Importa realmente lo que descubrí cuando ella se marchó dos horas más tarde, a las once. Una enorme mancha de sangre sobre mi sábana. Me quedé reflexionando sobre *el hecho* —ese cuerpo del delito igual a la mazorca en la novela de Faulkner—, tanto, tanto, que en un imponderable tramo de tiempo me quedé dormido, profundamente dormido...

Al otro día, al cuarto para las cinco, a punto de salir de la recámara, sonó el teléfono. Para mi sorpresa, oí la voz de Úrsula. ¿Cómo supo que estaba allí, quién se lo dijo? Hasta el día de hoy es algo que no sé cómo responder. Tú, Jorge, cuando te lo pregunté, me juraste que no habías sido. Entonces ¿quién diablos podría haberlo hecho? Ella nunca me lo dijo, se lo llevará a la tumba, como otras tantas cosas que no sé. Lo que creo es que lo supuso, sencillamente llamó a los dos o tres mejores hoteles de Jalapa, preguntó por mí y, por fin, dio conmigo. No era tan difícil después de todo. Debo decir que fue la primera y única vez que no me dio gusto recibir una llamada de Úrsula. Primero, porque me confundió: por un momento creí que era Valdemina, ¿qué otra mujer podía ser si mi pensamiento lo llenaba ella? Segundo, debido a que inmediatamente después de haber colgado, justo al abrir la puerta de la recámara, sonó el timbre del teléfono otra vez. Era Valdemina, estaba en el *lobby*, quería llevarme a la universidad. Esta vez me confundí por la razón inversa, pensé que era Úrsula, pensé que quizá se había olvidado decirme algo. Valdemina y Úrsula se me confundieron ese miércoles a las cinco, justo antes de salir a mi clase sobre Gilberto Owen. Sin querer y con enorme beneplácito de mi parte, Gerardo, estaba armando otros varios triángulos, por ejemplo: el de Úrsula, Valdemina y yo; el de Valdemina, el imbécil de su marido y yo, Bernardo, y otros…

Bueno, todo esto no importa, lo que sí importa es lo que Valdemina me reveló en el auto, lo que ninguno de ustedes, amigos, iba a creerme.

—¿Por qué no me dijiste que estabas en tus días? —una pregunta imbécil, si tú quieres, Nacho, pero justa al fin y al cabo, ¿no crees?

Entonces la escuché mientras manejaba lentamente, un poco nerviosa:

—No, Bernardo, no estoy en mis días —sonrió con dulzura maquinada—. Soy virgen. Quiero decir: era virgen.

No sé a cuántos de ustedes les habrá pasado. Lo más seguro es que a ninguno. Evidentemente lo pensé todo, dudé de todo y le di mil vueltas a todo. Nada me satisfizo. Cualquier lucubración desfallecía ante la siguiente. ¿Cómo no lo noté entonces? ¿Acaso no se quejó como se quejan las vírgenes?

—¿Y tu marido?

Me contó esa tarde antes de llegar a la universidad un tramo de su historia, luego (al volver al hotel y en la recámara, por la noche) otro tramo, y durante los días que siguieron, es decir, hasta el domingo, el final, la parte más interesante. Iba a irme el sábado y sin embargo no lo hice. El curso terminó el viernes a las ocho y el grupo de estudiantes y yo nos fuimos a un bar. Luego, por cuarta vez consecutiva, hice el amor con Valdemina la virgen, Valdemina la esposa, Valdemina mi dulce beata de amor. La historia que ella me contó, de cualquier forma, es muy simple:

A los veintidós se casó, él con dinero, ella también (no tanto como él). Se gustaban a pesar de que sus padres los comprometieron. El día de la boda y durante toda su larga luna de hiel, descubrió (descubrieron, pues parece que él tampoco lo sabía) lo innombrable, la espeluznante impotencia de él. Así de sencillo, así de vulgar, si ustedes quieren, pero al cabo la fatua verdad. Luego de un año y fracción de casada, a los veinticuatro años y fracción de edad, Valdemina me conoce y decide enmendar el mal que Úrsula me había propinado hasta entonces; es decir, el de no hacerme el amor como yo deseaba ardientemente. Valdemina, sin saberlo, se vuelve la fiel sustituta de Úrsula, lo mismo que yo hice (sin saberlo) de fiel sustituto de su marido. Pueden creer su historia o no, pueden preguntarme qué fue lo que yo sentí esa primera noche en que me esperó en el *lobby*, cómo actuaba en el bar, qué decía, cómo se movía en la cama, si la noté gemir, qué pude observar, qué comprobé al penetrarla, etcétera; sin embargo, créanme, eso no importa demasiado. Cualquier mujer puede engañarnos, es muy sencillo, hasta un mago fraudulento te hace el truco. Yo he desconfiado siempre de mis sentidos, lo más tramposo que hay a pesar de lo que diga Berkley. Con todo, las únicas dos razones que puedo esgrimir para decir que le creí a Valdemina son: primero, que no tenía por qué engañarme quien no tiene nada que perder, y segundo, lo que ella misma me dijo el domingo, cuando se despidió de mí en la estación —pues era una duda que me atenazaba—:

—Bernardo, si quieres saber la verdad: Poncho lo sabe.

Ya deben saber, amigos, quién diablos es Poncho.

XV

CLEMENCIA

Desde ese lunes hasta el viernes estuve inmerso en el negocio de Charles y su tío. Les hice un par de llamadas a Auckland para verificar una cuenta bancaria, envié un fax, concerté una cita con la naviera y telefoneé a Puebla varias veces para confirmar los costos del flete. Los rezagos empezaban a ser menos y, por fin, se ultimaban y minimizaban algunos detalles que se habían acumulado de manera innecesaria. El asunto del embarque marchaba viento en popa. Al final de la semana me sentí más tranquilo, con muchas menos preocupaciones. Entre los arreglos del negocio y la universidad, apenas tuve tiempo de ver a Úrsula. Creo que me invitó a cenar un día a su casa; aparte de ese encuentro, lo demás fueron llamadas cariñosas, efusivos reclamos de amor telefónico.

Desde la última vez, antes de irme a Jalapa, mi confianza y mi seguridad puestas en ella estaban perfectamente estables, sin fisuras. Nada me perturbaba. Claro que deseaba verla con vehemencia, con desesperación, a cada hora del día. Sin embargo, durante esa semana (más los cinco días de Jalapa), fui yo el que la abandonó o, digamos, quien la descuidó un poco. Durante mucho tiempo (meses después de que hubo terminado esta historia) llegué a creer que el verdadero culpable había sido yo; quiero decir: que fue precisamente durante esos diez días cuando Urbano afianzó su relación con Úrsula. Sofismas míos, claro. Siempre estuvieron ligados, afianzados, *entendidos.* Yéndome o quedándome no cambiaría el rumbo que el destino nos tenía prometido a los tres. Al menos eso creo hoy, pasado el tiempo. Incluso, si ella me llamó a Jalapa, pudo haber sido para asegurarse de que yo no le mentía; es decir, para confirmar que yo no estaba en México al acecho de ambos y, por tanto, podía hacer de las suyas con Urbano.

El sábado fuimos a comer a un restaurante argentino. Úrsula estaba increíblemente dicharachera, lenguaraz como casi nunca. Me cogía la mano, me hablaba de su carrera, de sus padres, sin mencionar jamás a Urbano. Después de comer un exquisito bife de chorizo, ya sin ninguna clase de rodeos, fuimos a Xel-Ha, pasamos un par de horas en una película que pusimos en la videocasetera, y luego, de manera instintiva, nos dedicamos al amor, claro: a nuestra grotesca forma de hacer el amor. Nos desnudábamos, nos besábamos incansablemente y, poco antes de intentar penetrarla, Úrsula lo impedía. En cambio, para mi consuelo, había aprendido a felar de maravilla. Esta clase de placer era un sustituto que me ofrecía enorme gozo, no lo puedo negar, y Úrsula lo fue perfeccionando al grado de que nuestro sexo se había vuelto, digamos, *oral*: yo se lo hacía a ella y ella me *felaba* con delectación.

Por esos días, tal vez fue ese mismo domingo, redacté con enorme beneplácito un pequeño y deslucido ensayo sobre *Clemencia* de Altamirano. Nunca debí haber escrito los horrores que escribí (aunque, temo decirlo, no me arrepiento en absoluto). La profesora había hecho su tesis de doctorado sobre él; es decir, era una fan declarada y yo, un inconsciente, un cerdo, la injurié injuriándolo a él, nuestro romántico. De haber estado vivo, Lola González de Cosío se hubiera casado con nuestro padre fundador de las letras, Altamirano, ¡tan feo el pobrecito!

Estas notas, creo, vienen a cuento, pues esta historia se imbrica, demasiado tal vez, con lo que *entonces* yo escribí para Lola, de otra forma no divagaría. El artículo comenzaba, si mal no recuerdo, con una cita de Lawrence de su *Pornography and Obscenity*, donde declaraba que los sujetos inclinados a la obscenidad "sostienen siempre que una heroína de película cinematográfica debe ser neutra, un objeto asexuado de inmaculada pureza" e, inmediatamente, que son ellos "los que mantienen que los verdaderos instintos sexuales sólo corresponden al villano o la villana, exponentes de la baja lujuria". De inmediato, con probada sutileza, dirigía la primera cita hacia esos dos ángeles que son Isabel y Clemencia, y la segunda, al infame truhan representado por Enrique Flores. Pero ¡oh, qué tino el mío, no había caído en la cuenta! ¿Acaso Úrsula no representaba esa misma "inmaculada pureza"? Quizá no tanto desde el momento en que, ya desde un principio, la he pintado con sus demoniacos y abominables atributos; nadie podría compararla con Clemencia aun cuando ambas son (ambas eran) unas zorras consumadas: las dos engañaron y se burlaron de sus novios: Clemencia de Fernando Valle, el bobo, el mártir, y Úrsula, de mí. Sí, de mí. En ello estribaba la semejanza y, en cambio, la pobrecita Justine de Sade era una santa pues conservaba a ultranza su *pureza inmaculada*. Justine era realmente una heroína comparable a santa Teresa de Ávila.

Con lo dicho (mero preámbulo de mi deslucido ensayo), queda claro cómo es que *entonces* intentaba yo demostrar lo indemostrable: "la pornografía" y "la obscenidad" subyacente en la pésima novela de Altamirano y "la pureza" y "la santidad" del marqués de Sade. Acaso sólo Bataille hubiese coincidido conmigo. Pero era una lástima: lo leí más tarde.

Acto seguido, contraponía en mi ensayo varios ejemplos de capítulos del libro de Altamirano con otra cita del escritor inglés donde, con notoria excentricidad, declaraba que "el furtivo, artero, abyecto frotamiento de un lugar inflamado de la imaginación, es el punto sensible de la pornografía". Tanto Altamirano como *ahora* yo, construíamos, sin imaginarlo, un relato abyecto y pornográfico pues no hacíamos sino *frotar el pensamiento de nuestros lectores hasta inflamarlo*. También sugería en mi ensayo cómo era que en el fondo los lectores de *Clemencia* sólo aguardaban con ansia la muerte de Fernando, el mártir, el bueno. Es decir, la intención de Altamirano se subvertía de pronto, casi sin querer. Su novela sufría, sin imaginarlo siquiera, un cambio radical en el punto de vista con el que se *debía* leer —si es que se debía leer de algún modo. Altamirano, concluía yo, lograba incitarnos al mal. ¡Altamirano, nuestro padre fundador, era el inconsciente precursor de Baudelaire, su coetáneo! Porque si uno le da vuelta al telescopio, lo ínfimo logra agigantarse. Y así con nuestros novelistas decimonónicos, Lola —con excepción de Payno.

Pero ¿acaso algo similar pasa con mi historia, Alberto? ¿Están ustedes, amigos, esperando que Bernardo el bueno, el incauto, el varón santo, sufra las consecuencias de su credulidad, de su imbecilidad, como le sucede a Fernando Valle en *Clemencia*? No los culpo por ello. Al contrario, puede ser que, *pornográficamente* hablando, yo los haya instigado a esperar *mi mal*, mi aciago final de folletín rosado.

Pero ¿creen acaso ustedes que he sido realmente pornográfico? Si lo he sido es, acaso, de manera harto estrafalaria, como advertí al principio. Si lo fui, lo he sido no como suele esperarse que una novela lo sea, sino como la misma *Clemencia* puede llegar a serlo; es decir, frotando la inflamada imaginación del lector.

Si es así, entonces soy un autor pornográfico que se regocija en su deleznable arte.

XVI

Mi segundo encuentro con Urbano

Toda la semana siguiente pude dedicarla a Úrsula y Úrsula pudo dedicarla, mal que bien, a mí. Repetimos nuestro itinerario. Más bien debería decir: repasamos nuestro itinerario mientras yo dejaba crecer mi amor por ella sin percatarme de nada.

El jueves por la noche, muy tarde ya, volviendo de la casa de Úrsula, recibí uno de los mayores sustos que he tenido en mi vida. Apenas había estacionado el auto fuera de la casa de Xel-Ha, como solía hacer siempre, cuando descubrí a Urbano, fornido y achaparrado, descendiendo de su Mustang. No había reparado antes en él. ¿Estaba allí cuando llegué?, ¿me había seguido?, ¿me esperaba? Volteé a mi alrededor y no pude vislumbrar una sola silueta, ninguno de los jóvenes que, acuclillados frente a un bote de basura en llamas, solían estar allí todos los días de la semana. Vi la hora, era más de la medianoche. Sentí que mi pulso se aceleraba. Me apresuré a entrar, pero Urbano me pidió que no lo hiciera, quería que lo escuchara un minuto. Su voz amable, sus modales corteses y discretos, otra vez me lograron convencer, me amilanaron. Urbano tenía el don para sedar mi miedo, sabía cómo dirigirse a mí provocando mi curiosidad. Terminé haciéndolo pasar a mi casa aunque había prometido a Úrsula no volver a hacerle caso. ¿Cómo fue?, no recuerdo; ¿qué pudo haberme dicho?, tampoco lo sé. El resultado fue que pasamos una larga hora bebiendo cerveza en mi resplandeciente cocina emperifollada de flores y hiedras. Antes le enseñé la casa, mis libros, mi habi-

tación y, sobre todo, mi pequeño y predilecto recinto: el baño-
biblioteca instalado por mí *para mis invitados.* No dijo nada.
Sonrió. Ahora que lo recuerdo: analizaba cada rincón como
si buscara una prenda, una pista, alguna contraseña ursuliana.
Por fin pasamos a la cocina y empezó a contarme:

—Bernardo, lo admito: lo tuyo y lo de Úrsula va en serio.
Al principio estaba molesto. El día en que te vi llegar a su casa
me desplomé —aguardó un instante—. Por cierto, disculpa mi
absurda persecución de esa noche.

—No te preocupes —le dije.

—Ella me lo ha dicho: te quiere. No es como otras ocasiones…

—¿Cómo?

—Sí, un par de tipos que antes le llegaron a gustar, impro-
visaciones que sólo buscaban provocarme, tú sabes…

—No, no lo sabía —le dije.

—De cualquier manera, no importa —respondió conci-
liador.

Sí, en el fondo no importaba. Estaba entonces tan profundamente encandilado de ursulismo, tan profundamente
acostumbrado a su boca, que todo su pasado no me importaba
un comino.

—¿Y cómo supiste mi dirección? —le pregunté.

—Úrsula me la dio —una mentira suya, supongo, aunque
nunca lo pude comprobar: ¿Úrsula realmente le habría dado
mi dirección si, como quiero creer, a *ella no* le convenía que él
conociera nuestro templo en Xel-Ha?

—No te creo —di un trago a la cerveza y añadí—: Insinúas
que la sigues viendo.

—Claro que la sigo viendo —contestó Urbano—, todas las
mañanas. Qué, ¿no te lo dijo?

—Bueno, sí. Me dijo que te veía… antes —titubeé—. Pero
ahora ya no.

—¿Y por qué no?

—Desde que se disgustaron aquel día.

—¿Qué día?

—Cuando se bajó del auto y te dijo no sé qué… El día que me perseguiste. ¿No te dijo que no quería volverte a ver?

—No me dijo nada de eso, Bernardo.

—Entonces ¿qué te dijo? —insistí.

—Que cumpliera el pacto —dio un sorbo a su cerveza, pasó el líquido por las mandíbulas y sonrió—. El pacto de no ir a esperarla fuera de su casa. El pacto de vernos nada más por las mañanas.

Me quedé frío otra vez.

—Es necesario que sepas una cosa —continuó Urbano impertérrito—. Úrsula *siempre me lo contará todo*. Pase lo que pase, ella *necesita* decírmelo. Eso es algo importante que deberías saber, Bernardo: no lo pierdas de vista jamás… aunque le gustes y te quiera.

—Ella dice que no te quiere ver. Que tú vas a buscarla a la facultad.

—Te equivocas —dijo Urbano—, ella es la que me busca a mí incondicionalmente, la que me ruega ir a verla. ¿Por qué otra razón estaría faltando a clases, engañando a sus padres, yendo a mi casa por las mañanas?

—Pero ya no lo hace.

—¿Que no? ¿Quieres apostar? —me dijo retador, cariñosamente ansioso de ganarme la partida—. Pregúntale qué hizo ayer miércoles y el martes por la mañana. Es más, si quieres saberlo, conozco los detalles de tu viaje a Jalapa.

—O sea que lo sabes.

—Claro, ella me lo dijo. ¿De dónde más iba a saberlo yo?

Obviamente él no conocía los detalles de Valdemina, pues Úrsula tampoco los podía saber. La estupefacción, sin embargo, fue la misma. Ellos continuaban viéndose a pesar de todos los juramentos de Úrsula, a pesar de que era *mi novia* por libre voluntad, a pesar de que *me quería*, palabras textuales de Urbano. ¿Qué tenía este hombre, pues, que ella no podía abandonarlo?

—Tarde o temprano, Bernardo, quiero que lo sepas, ella va a volver conmigo.

Por fin, Urbano aceptaba mi noviazgo. Eso *por lo menos* era una realidad, una verdad *de facto* que entonces pudo hacerme rabiar de alegría. Di un largo trago a mi cerveza, un trago de felicitación que sólo yo celebraba con mi ego. Guardamos silencio. Saqué una bolsita de cacahuetes de la alacena y un pedazo de queso del refri para festejar mi victoria. Los puse frente a él, el vencido, el derrotado, para que comiera, mordisqueara y royera su derrota, ¡oh, pobre de mí!

—Mientras tanto, deja de verla —lo conminé sin mirarlo a la cara.

—Pídeselo a ella —me respondió—. Ya verás cómo no te va a hacer caso. Te seguirá engañando hasta el final de los tiempos, Bernardo. Y seguirá contándome uno a uno los detalles de *su* relación, como por ejemplo, lo impactante que fue *El piano*, ¿te acuerdas? En cambio a mí no me gustó en absoluto, si quieres saberlo.

Y antes que yo dijera una palabra, Urbano confirmó:

—Sí, sí, ella me lo dijo como me lo dice todo, Bernardo. El negocio del yeso, tu hermana y su esposo neozelandés. También sé, pues Úrsula me lo advirtió, que ella te ha dicho que los sigo a todas partes. No es cierto. ¿Acaso me has visto seguirlos? Dime —aguardó un instante y contestó—: Jamás. Sólo la espero a ella fuera de su casa, espero a que vuelva. Así no tiene oportunidad sino de decirme la verdad. A mí, Bernardo, *no puede engañarme*.

En ese momento no me di cuenta. Sin embargo, los argumentos de Urbano eran falsos como su cara de falsa modestia o su balagueriana virilidad impostada, repulsiva. "A mí *no puede engañarme*" sólo quería decir en el fondo: "A ti, Bernardo, sí *te puede engañar*, deberías empezar a darte cuenta". En cambio, en lo que sí reparé, Beto, fue en el hecho de que el asunto del yeso se lo había contado antes, en Sanborns, la primera vez que nos encontramos. Urbano era un jodeputa católico, no me cabía la menor duda ahora. Asimismo, era claro que él no lo sabía *todo* como pensaba: simplemente (para no ir muy lejos) no podía imaginar que Úrsula y yo pasáramos tardes desnudos besándonos, construyendo grotescas escenas de amor reprimido y aséptico. Sí, no podía siquiera intuir que *su* incondicional dormía conmigo o que los dos éramos un par de perros en celo que, sin embargo, no lográbamos consumar el amor. Sí, eso era nuestro retrato: dos perros en celo. Ella, claro, por alguna oscura razón, me tenía castrado. Pero ¿por qué?

XVII

El triángulo escaleno

¿Por qué permití que ese engendro llamado Urbano entrara a mi casa, la conociera, revisara sus rincones, bebiera a mi lado y se sentara en mi mesa? No lo sé. Todavía no puedo creer que lo haya hecho. Y sin embargo es verdad. Y también, ya fuera de cualquier *situación novelesca* a que pueda prestarse la interpretación del anterior capítulo —y de todos aquellos donde he cometido faltas inverosímiles e irreversibles—, mi segundo encuentro con él es y ha sido ciento por ciento fidedigno. Ustedes, amigos, lo supieron.

Sin decirle una palabra a Úrsula, decidí salir a buscarla al otro día. Eran las doce de la mañana, había terminado turbiamente el alegato sobre Altamirano con Lola González de Cosío y, sin pensarlo dos veces, crucé la calle y me dirigí hacia la Facultad de Psicología. Subí las dos plantas del edificio, revisé cada salón y, por fin, la encontré sola, meditabunda, en una esquina del segundo piso, mirando el horizonte. Le dio gusto verme, no se inquietó; tampoco pareció sorprendida y, mucho menos, imaginó que mi intención pudiera ser encontrarla *in fraganti* (o si lo pensó no me lo dijo y tampoco me lo hizo sentir: tan *enmascaradamente natural* podía llegar a ser). Quise abrazarla y se negó con cierta ruborización *clemenciana*, ya saben a qué me refiero. Por fin me pidió que la acompañara a comprar un botella de agua a la tienda. Estuve a punto de mencionarle mi encuentro con Urbano, pero sabía que decírselo sería un craso error. Úrsula me había hecho prometerle (jurarle incluso) que nunca más volvería a conversar con él, nunca más le volvería a hacer caso, sí, Úrsula, por nuestro amor, por nuestra tranquilidad futura. Y sin embargo había sucumbido a la infausta tentación: no sólo había charlado con él, sino que lo había metido en mi casa para hablar sobre ti, Úrsula, más de una hora, ayer precisamente. Mejor haría en callarme. Delatarla era delatarme también. No podía contarle lo que él me había dicho sobre ella sin aceptar que Urbano había estado en Xel-Ha. Estaba, otra vez, atrapado en sus garras de astracán. En estas cavilaciones iba, atormentando mi cabeza más de lo que estaba ya, cuando en el último rellano de las escaleras del edificio de su facultad, descubro a Urbano subiéndolas.

Seré más plástico, Beto:

Úrsula y yo bajábamos por un botella de agua, callados, inmersos en nuestros respectivos pensamientos, enamorados (supongo), cuando los dos encontramos la figura corpulenta, de cuarenta y tres años de edad, de Urbano. ¿Sabes lo que él hizo? Pasó de largo frente a nuestras narices, agachó la mirada, se quitó del paso por un instante y continuó hacia arriba para buscarla a *ella*, la misma que yo cogía de la mano, la misma que *ya había encontrado.* ¿Sabes lo que ella hizo? Sigilosamente me soltó la mano (tan sigilosamente que apenas hoy lo noto, lo recuerdo), luego se paró en seco, me pidió que me detuviera con un gesto y se giró para llamarlo. Él, con paso minúsculo y timorato seguía subiendo como Sísifo, de manera estúpida, hacia *ningún lugar.* Por fin, Úrsula le pidió que se acercara. Entonces, ya próximo, ella lo amonestó como una maestra, idéntica a Lola González de Cosío en clase de literatura mexicana del XIX cuando se enojaba:

—¿Se puede saber a dónde vas? —no podía creerlo cuando lo oí.

—A buscarte —dijo ese *bulldog* de pronto bravucón y de pronto marica.

—Y si ya me viste para qué subes a buscarme —lo regañó ella, lo conminó—, ¿se puede saber, Urbano?

—Es que… —contestó él; es decir, medio contestó, tartamudeó sin levantar la vista, completamente avergonzado: un hombrón de cuarenta y tres años.

—Acompáñanos a Bernardo y a mí, ¿quieres? —aunque este "¿quieres?" parezca una interrogación, no lo era: era justamente todo lo contrario, una orden—. Vamos a comprar una botella de agua. En cinco minutos tengo clase y los voy a tener que dejar.

Era demasiado, sencillamente no lo podía creer. Sé que me la he pasado diciendo que no lo puedo creer, que hay muchas cosas de esta historia que no puedo creer y sin embargo las cuento y, aun más: las *viví*.

Caminamos hasta la tiendita, cada uno al lado de ella; los dos esperamos a que comprara la botella de agua (que Urbano se adelantó a pagar), vimos cómo la abría, cómo daba un largo trago, cómo de inmediato me la pasaba a mí y yo, maquinalmente, bebía sin despegar la vista de Urbano; también vimos cómo ella cogía la botella, volvía a beber (sólo un sorbito) y, sin mayor recato, se la pasaba a Urbano quien empezó a beber sin despegar la vista de mi vista que, a su vez, yo no despegaba de él. Para que me entiendas, querido Alberto, *eso es el infierno*; lo que presenciaba y vivía en ese momento era equiparable a estar completamente integrado en el triángulo escaleno; es decir, cuando desde cada uno de los ángulos se pueden observar los otros dos, se les conoce, se les sopesa y, sin embargo, *no se hace nada al respecto.* Se queda uno quieto, sufriendo, esperando. Pero ¿esperando a qué? Nada, nada en abosulto. El infierno y el triángulo escaleno son temiblemente inmóviles y perdurables. Sí, son un exquisito invento del diablo.

XVIII

Hannah y sus hermanas

Te acuerdas, Jorge, de aquel poema de Owen que comienza: "Qué hermosa eres, Diablo, como un ángel con sexo pero mucho más despiadada"? Es inevitable que recuerde a Úrsula sin pensar en Owen y viceversa. Es un mal que me visita de tarde en tarde, del cual no he podido librarme aún, después de todos estos años. Por eso escribo, por eso les cuento, amigos, la historia de un ángel con sexo… sólo que Úrsula era mucho más despiadada.

Ese fin de semana me llamó Valdemina. Aunque debí sorprenderme, no fue así. Creo que en el fondo lo adiviné, lo esperaba. Estaba en México. Quería verme. No habían pasado quince días desde que la dejé en Jalapa. Quedamos de encontrarnos a las dos para comer. Úrsula tenía cosas que hacer ese sábado, así que fue sencillo excusarme, pretextar cualquier cosa, y decirle que más tarde te iría a ver, a las cinco, mi vida. A las dos en punto, sin embargo, estaba llegando al restaurante, dispuesto a llevarme (¡esta vez sí!) una sorpresa que no sé cómo adjetivar: Valdemina y un hombre estaban tomados de la mano, sentados, esperándome. Nos vimos. Valdemina me sonrió, me hizo una seña. En una fracción de segundo hice un retrato de Poncho: sus ojos verdes, su ceño alicaído, sus cejas despobladas, ¿quién más podía ser el acompañante? Se paró con extrema decencia mientras yo me acercaba a la mesa, me dio un fuerte apretón de manos, me llamó por mi nombre como si me conociera de siglos y me ofreció la silla que estaba justo enfrente de él; es decir, a la izquierda de Valdemina.

—Valde quiso acompañarme —dijo él sin la menor turbación, ciertamente informativo—. Vine a hacerme unos análisis y, bueno, pues aquí estamos.

—O sea que llegaron hoy —fue lo único que se me ocurrió decir.

El mesero se acercó y Poncho insistió en pedir una botella de champaña. ¿Es que estábamos celebrando algún acontecimiento? Claro, Bernardo, los tres celebrábamos el desvirgamiento de la esposa de Poncho.

—El lunes tengo mi cita en el Hospital Ángeles —dijo Poncho de súbito—, nos vamos luego, por la tarde, Bernardo.

Parecía que me avisaba que Valdemina se quedaría conmigo; es decir, se desfogaría *conmigo* estos tres días. Me lo advertía con pasmosa naturalidad. Traté de guardar la compostura, imaginar que se hablaba de un negocio sin importancia o del marcador de un partido de fútbol. No pude. Tampoco quería llamar la atención y sin embargo no lograba mantenerme quieto en mi silla, cruzaba las piernas como una jovencita de dieciséis. Me ruborizaba, como si todo el restaurante estuviese prestando oídos a nuestra conversación. Mientras oía a Poncho recordé aquella maravillosa escena de *Hannah y sus hermanas* en la que dos parejas de íntimos amigos toman la copa holgadamente, justo cuando uno le pide al otro con toda naturalidad un frasquito de espermas para que su esposa pueda concebir. ¡Al fin estaban los cuatro *entre amigos*!, ¿no?, ¡aunque aquí éramos sólo tres! No sé por qué diablos pensé en la película de Allen. En cierto momento, en los entremeses, creo, tuve deseos de huir, decir una mentira (por ejemplo, voy al baño) y desaparecer. No hubo necesidad de eso. El golpe de gracia vino poco después, quince minutos más tarde, cuando ya la champaña había ablandado la materia gris y cualquier cosa podía suceder entre Valdemina, Poncho y yo. Sucedió, Gerardo, podrás creerlo o no… Sucedió, digo, que vi entrar en el restaurante a Úrsula y Urbano. Ellos no me vieron al principio. El colmo de mi mala o buena suerte (según se quiera ver) fue cuando el capitán les asignó una mesa junto a la nuestra. Entonces, a punto de sentarse, nos vimos los tres: Urbano, Úrsula y yo. La turbación fue inmensa, ¿podrás imaginártela, Gerardo? No me preguntes qué pasó después, qué dijo Poncho, de dónde conocía a Urbano, cómo empezaron a conversar como si nada Úrsula y Valdemina, el caso es que unos segundos más tarde estábamos los cinco sentados a la mesa en amena charla, bebiendo la segunda botella de champaña.

A partir de ese momento decidí contar hasta mil para salir del restaurante. Sonreía a diestra y siniestra, simulaba que oía, veintitrés, condescendía con las dos mujeres que entonces hablaban de mí, de cómo me habían conocido, ciento treinta y dos, volteé a ver a Poncho y Urbano, que cómo se encontraba la tía Paulina, bien, gracias, ¿y tu madre?, ¿cómo está, Urbano?, mucho mejor, reponiéndose del sustito, ya sabes, sí, trescientos catorce, ¿cuándo llegaron?, hoy mismo, Urbano, pues hicieron muy mal en no avisarnos, Poncho, hace años, quinientos cuarenta y cuatro, pero es que Valde y yo, no, no hay pretextos que valgan, tú lo sabes, a mi madre le hubiera encantado saber que venían, seiscientos dos, lo sé, pero Valde prefirió no molestarlos, ya ves, aquí Bernardo se prestó a acompañarnos y luego, la sonrisa de Urbano, sí, sí, muy buen chico, estudia letras, oye, pero dime, aquí entre nosotros, ¿no sabía que *ella* fuera tan joven?, ochocientos cuarenta y cinco, pues ya ves, Poncho, ¿y si Urbano fuera impotente como Poncho?, novecientos cuatro, es muy guapa, tu tipo, Urbano, felicidades, no podía ser otro el motivo de la virginidad de Úrsula, pero ahora hemos postergado lo nuestro, ya ves, ¿pero por qué, Urbano, a tu edad?, problemillas, problemillas que se presentan de pronto y hay que solucionar, mil, al mismo tiempo que le pide a un camarero:

—Otra botella de champaña, por favor.

XIX

El voyeur

Estaba decidido a no volver a ver a Úrsula jamás, ya no digamos a Valdemina. Salí de Xel-Ha esa misma tarde y me fui a tu casa, Rafa, a pasar unos días, los suficientes para ordenar mis pensamientos y serenarme un poco. No quería recibir un solo llamado de Valde y Poncho, y tampoco deseaba darle a Úrsula una explicación de mi partida intempestiva. Por lo tanto, la que debería haberme dado una explicación era ella: ¿qué hacía con Urbano en el restaurante, cuando me dijo que tenía unos asuntos ese sábado? Pero ella podría haberme contestado de nuevo de la misma forma; es decir, ¿qué hacía yo con Poncho y Valdemina en el restaurante y, sobre todo, por qué no se lo dije, por qué se lo oculté? ¿Qué habrían platicado las dos mujeres? Posiblemente se volvieron a ver los cuatro, pensé. De cualquier manera, yo sí tenía la coartada de Poncho esa tarde y ella, en cambio, no. Ella tenía que buscarme y darme una explicación a mí, Bernardo. Por eso mismo no quise aparecer por mi casa los siguientes tres días. También porque no quería volver a saber de Poncho y su esposa.

Aunque de algo me sirvió estar en tu casa, Rafa, no pude quitarme del pensamiento a Úrsula. Así que la llamé el martes, el día que sabía que Poncho y Valde ya no estarían aquí, en México. Por teléfono me preguntó si había recibido sus recados, sí, una cartita que te dejé en el buzón de tu casa, Bernardo. No, ¿qué decía, Úrsula? Nada, sólo que necesitaba verte, que te quiero, que no puedo vivir sin ti. Esa tarde pasé por ella, el martes, Rafa, tú lo recuerdas pues trataste de impedírmelo.

Y, sin embargo, terco, obstinado, no te quise oír; me fui sin hacerte caso. Ni siquiera pasé a mi casa a buscar la carta en el buzón. Salí como un loco enamorado por *mi novia*. Hasta ese momento no caí en la cuenta, Rafael, te lo juro: Úrsula seguía siendo mi novia y ahora ella me daría una explicación meliflua, cualquier pretexto barato que yo ingeriría, como se le da papilla a un bebé. Me diría: Urbano me rogó, me pidió que fuera a comer con él, como amigos, ¿comprendes?, y yo ya lo perdoné, Bernardo; quiero hacer las paces, deseo que las cosas tomen su rumbo natural, no quiero peleas, me prometió no volver a ocultarse fuera de mi casa, él entiende lo nuestro, lo acepta, yo te perdono que lo hayas metido en tu casa, ya ves, lo sé, Bernardo, te quiero, etcétera. Y así fue. Lo primero que ella hizo fue abrazarme cuando me vio. Yo estaba dispuesto, al menos eso decía entonces, a hacerme de hielo antes que permitir cualquier aproximación suya. Aunque no respondí a sus efusiones no pude contenerme y algo dentro de mí se volcó, igual a un caldero lleno de mefíticas dulzuras. No presté atención al auto de Urbano. Estoy casi seguro, sin embargo, que no estaba allí cuando recogí a Úrsula. Fuimos a tomar un café y luego de dos intentos infructuosos de su parte por vencer mis dudas, terminamos abrazándonos y besándonos a la vista de todos, como dos chiquillos desesperados y necesitados de amor. Lo demás, Gerardo, esta vez *sí es muy importante*. Me refiero a los detalles que sobrevinieron esa tarde del martes, yendo a mi casa en Xel-Ha, y posteriormente.

Como solíamos hacerlo, pasamos la caseta de policía, la calle sin pavimentar, un grupo de chavos que empezaban a tomarse unas cervezas heladas, y por fin nos estacionamos fuera de mi casa. Abrí las tres puertas con cerrojo y entramos. Perdimos el tiempo a propósito un cuarto de hora; es decir, deambulamos por la sala, salimos al jardín y la invité algo de beber hasta que entramos en mi recámara. Estaba tibia, silenciosa, apenas una brisa entraba por la ventana. El césped se veía, como siempre, impecablemente recortado, los arreglos de las plantas en los rincones y la hiedra igual, escalando las tapias. La desnudé, ella me quitó la ropa a mí. Pasamos cerca de una hora besándonos, recorriéndonos la piel, sus senos, mi pecho, sus nalgas, las mías, yo conteniéndome para no venirme en su rostro, calentándola con la lengua, con los labios, con los dedos, cuando de pronto lo *vi*, encaramado a la barda, observándonos. Algo notó Úrsula en ese instante, quiero decir, alguna reacción mía (que estaba debajo de ella); sin embargo, cerré los ojos y los volví a abrir dispuesto a verificar lo que he dicho: sí, Urbano estaba en la barda que da a un lote baldío con unos prismáticos puestos en el rostro. ¿Cuánto tiempo llevaba allí? ¿Nos espiaba desde hace mucho, apenas se había encaramado a esa barda? ¿Nos había seguido? ¿Simplemente imaginó que los dos estaríamos en mi casa? De cualquier manera, él no podía entrar: una red metálica se lo impedía. Podía vernos, pero nada más. No hice nada, ni siquiera me moví. Instintivamente, Úrsula dejó de mirarme y giró hacia la ventana abierta, hacia la cortina abierta, Gerardo. Lo que pasó después fue semejante a un alud incontenible del cual apenas logro registrar unos cuantos hechos. Con el tiempo, sin embargo, he dado forma a todo ese maremágnum de acontecimientos y los he podido ordenar en mi cabeza. Aquí sólo me remito a lo que en ese preciso espacio de tiempo sucedió.

Úrsula dio un salto en la cama, gritó como una histérica, se vistió, comenzó a echar pestes de Urbano. Yo la seguía, medio atolondrado, medio feliz. Sí, porque él nos había contemplado desnudos, por fin sabía *la verdad*, no la que ella le contaba, sino la que yo *le hacía a ella* para mi goce, para su goce, para nuestra satisfacción. ¿Cuánto habría visto? No lo sé. Úrsula me pidió que cerrara las cortinas y lo hice: desnudo, tranquilo, desvergonzado, dispuesto a mostrarle mi sexo a Urbano para que se regocijara con él. Dos minutos después sonaba el timbre de la casa, con denuedo, firmemente. Me asomé por la otra habitación y lo vi. Era una furia en celo, Gerardo. Luego de un rato se cansó y, tal parece, se subió a su auto pues empezamos a oír el claxon de su Mustang durante varios minutos. Úrsula sollozaba, se desmadejaba en un rincón, asustada; parecía realmente que el mundo se le había caído a los pies. Yo, imposible no decirlo, estaba contento, exultante de gozo. Sentía miedo pero estaba contento. Si por un segundo me amedrenté fue porque no sabía qué haría Urbano, enloquecido y colérico como estaba. Ahora lo entiendo aunque *entonces,* es claro, yo estaba ciego. ¿Por qué otro motivo Urbano podría estar hecho un funámbulo Otelo? La única respuesta era que Úrsula le mentía; es decir, le aseguraba que entre los dos nunca había pasado nada. No sé, cualquier cosa, algo por el estilo, algo que no me consta y ya nunca sabré. De cualquier manera, el hecho de que Úrsula le dijera mentiras a Urbano (aunque él juraba que ella sólo le decía la verdad) era suficiente para que yo por fin *viera* cómo *también* me decía mentiras a mí, y sin embargo nunca quise admitirlo, Gerardo.

Esperamos todavía un cuarto de hora más en mi casa, Úrsula ovillada en un rincón de mi cuarto. Intenté que dejara de llorar, la abracé, le dije que la quería, la regañé con dulzura por haberle dado entrada a Urbano cuando antes yo se lo advertí. Él nunca haría caso, ya lo ves, Úrsula, le repetía. Por fin, luego de intentar tranquilizarla, salimos de mi casa. Él ya no estaba allí. Podía estar en alguna calle intermedia, al acecho, pero qué importaba. Úrsula era mi novia y yo no le iba a dar explicaciones a nadie, nomás eso me faltaba. Pasamos el grupo de los jóvenes que habían encendido su fogata y ahora se calentaban junto a ella innecesariamente pues en realidad no hacía frío. Úrsula venía a mi lado, acurrucada, temerosa de encontrarse a Urbano. De pronto despotricaba en contra de él o me juraba que esta vez ya no lo perdonaría y yo, poco cristiano, la alentaba en su determinación. No puedes perdonarlo, hazlo por nosotros, Úrsula, por nuestro amor. Sí, te lo prometo, Bernardo, esta vez se acabó. Déjalo ya, Úrsula.

Ya había tomado la carretera del Ajusco, esta vez hacia el Periférico. Bajábamos las colinas enhiestas de esa abultada montaña azul, cuando en el último trecho, justo en la parada de los autobuses, antes de entrar en el Periférico, vimos el Mustang rojo estacionado, seguramente esperándonos. Para mi sorpresa, Úrsula me pidió que me parara y así lo hice. Veinte metros más adelante del Mustang me estacioné, y contemplé extasiado cómo ella se armaba de valor, se bajaba del auto y se dirigía hacia Urbano que, otra vez, no estaba dispuesto a bajarse del suyo. Sólo bajó la ventanilla mientras Úrsula vociferaba bajo la noche abovedada y tibia. Por fin, Urbano se bajó. Dio un portazo y se quedó recargado en su Mustang. Así hablaron los dos por un largo rato en que imaginé, gozoso, toda la conversación, al mismo tiempo que los observaba voyeuristamente por el espejo retrovisor.

No sé cómo pasó pero de pronto, de manera intempestiva, Urbano la hizo a un lado y se dejó venir hacia mí. Esperé, Gerardo, lo peor. Úrsula corría tras él, intentaba alcanzarlo, detenerlo quizá. Yo abrí la puerta de mi coche dispuesto a recibir uno o varios golpes de ese rubio monigote de cuarenta y tres años. Me bajé y aguardé a que se me aproximara. No me tocó. Sólo puso un dedo admonitorio frente a mis narices y me gritó:

—¿Estaban o no estaban desnudos haciendo el amor? —no estoy seguro si dijo "cogiendo", pero no importa.

Yo, claro, no me inmuté; es decir, no le respondí semejante estúpida pregunta. Se moriría por saberlo y no se lo diría jamás.

—Carajo, Bernardo, ¿es cierto o no?

Y para mi desgracia, oí a Úrsula responderle llorosa, implorante, bajo la tibia y calurosa noche:

—Te juro que no, Urbano, te lo juro. No hacíamos nada, no hacíamos el amor.

—Cállate, perra, puta, yo los vi. Tú estabas encima de él, desnuda. Lo vi con mis propios ojos, ¿puedes negármelo, Bernardo?

Yo, obviamente, no le negué nada. Al contrario, asentí ligera y brevemente con la barbilla, un movimiento lo suficientemente discreto para que Úrsula no me viera y sí lo viera él, mi enemigo. El coraje me había inundado a mí esta vez. ¿Por qué se defendía Úrsula de ese modo? ¿Por qué no le decía cualquier cosa y si, incluso, él insistía, decirle que cogimos como pollos? ¿Por qué no le decía que no era *su problema*? No, en cambio, le imploraba, le prometía que no volvería a suceder. Lo jalaba de una manga, lo quería quitar de allí, llevárselo de enfrente de mí. Algunos transeúntes que miraron la escena, Gerardo, la hubieran aplaudido. Pobre Úrsula, el trabajito se le juntó. Sufría. Por fin, cuando él se fue a su coche, Úrsula volvió verdaderamente contrita, desesperada:

—Ésta me la va a pagar, te lo juro, Bernardo. ¿Oíste lo que me dijo?

—Sí, claro que lo oí. Lo que sigue depende de ti. Ya no debes verlo.

—¿Pero es que tú crees que después de todo esto lo pienso volver a ver? No, primero muerta, Bernardo.

—¿Vamos a tu casa?

—No, dije que regresaba más tarde —me dijo Úrsula y de inmediato recordé la tarde en que decidió volver más temprano. ¿Por qué ahora prefería *no regresar*? Quizá porque su madre sospecharía algo al verla como estaba: afligida, agitada. Pero no, Úrsula tenía sus motivos. Es decir, estaba despechada.

—¿Y a dónde quieres ir?

—No importa, a donde tú quieras, Bernardo —y me cogió la mano.

Terminamos los dos en un hotel (como debe ser cuando una virgen, resentida, lo desea con toda el alma), mortalmente abatidos, desnudos, sudorosos. Sí, Gerardo, en un hotel de paso por la salida a Cuernavaca, el mismo que tú me recomendaste alguna vez.

Las cosas cambiaron. No sé si la tristeza y el desamparo de Úrsula tuvieron algo que ver en *su decisión*, tal vez sí y yo me aproveché de ello un poco. Le hice el amor pero no como se suele, sino de otra forma. Ella me dio la espalda y yo la cabalgué. Sólo de esa manera Úrsula *podía* y *deseaba* entregárseme después de tres meses. Yo, hasta ese día, nunca había tenido una sensación tan próxima al espanto, a la muerte, al verdadero placer que provoca el dolor.

XX

El placer del dolor

¿Por qué no hice nada cuando vi a Urbano espiándonos, cuando lo encontré encaramado en la barda de mi casa con los prismáticos puestos, mirándonos a sus anchas, antes de que se enfureciera y empezara a tocar el timbre de la casa? Es algo que no sé, Alberto. Fue instintivo. Por un momento lo pensé, iba a hacerlo. De imnediato me detuve, cejé en mi empeño, no le dije nada a Úrsula. Ahora bien, ¿él ya estaba allí desde antes, se complacía observándonos? No lo sé. Puede ser que apenas acabara de descubrirnos y no le diera tiempo de nada, de reaccionar siquiera. La segunda opción es factible pues él, por lo visto, *creía* que Úrsula y yo hacíamos verdaderamente el amor, cuando lo que en realidad hacíamos era una burda simulación de un acto sexual. También es posible que Urbano el voyeurista supiera que no hacíamos nada, pues llevaba rato allí y *entonces sólo fingía un ataque de celos*: es decir, Urbano siempre *supo que Úrsula no lo traicionaría*. ¿Y por qué? ¿Acaso por el pacto del que un día me habló? Tal vez porque él la abandonaría si así fuese; en otras palabras, ella ya estaba advertida por ese imbécil del Opus Dei. El precio era su virginidad, el garante era su himen intacto. Y ella lo sabía y lo cuidaba contra su voluntad.

¿Por qué no dije una palabra y no actué sino más tarde?, es una pregunta que no voy a contestar ahora. Hacia el final de esta abyecta historia, Beto, se sabrá. De cualquier forma, el jueves Úrsula me invitó a comer a su casa. El miércoles no pude verla, aparte de que prefería dejarla un día meditar, *darse cuenta* de que yo, y no él, era el hombre indicado, el hombre que la amaba, ¿lo puedes creer? Comimos con sus padres y Sofía. Obviamente tratamos de no tocar el tema; sin embargo, para mi sorpresa, la madre sí lo hizo.

—¿Sabes, Úrsula? El "mudito" no deja de llamar. Sospecho que es tu antiguo pretendiente —y dirigiéndose a mí, dijo—: No sé si tú sabes, Bernardo. Esta niña tuvo un novio, hace tiempo. Uno de esos tipos que se dan golpes en la espalda con un nopal. Un fanático enfermo.

—No sabía, señora —le contesté.

—Sí, sí, un desgraciado que vino a meterse en mi casa quién sabe cómo —la madre de Úrsula empezó de pronto a levantar el tono de voz, se le sentía ofendida, irascible ante el solo recuerdo nefando de Urbano—. A mis niñas, él lo sabe, no las toca. Y ni se les puede acercar. Él lo sabe, Bernardo. El papá de estas niñas lo mataría. Es un desgraciado, un imbécil que quiso meter a mi hija en su tribu de fanáticos, ¿puedes creerlo? No sé cómo pudo habernos pasado, aquellos fueron los peores tiempos.

—Entiendo, señora —dije dando un sorbo a la cuchara.

El padre de Sofía y Úrsula no decía nada. Apenas asentía, daba pequeños sorbos a su caldo como yo. El odio hacia Urbano en esa casa era mayúsculo, mayor al que yo nunca imaginé. Pero ya no importaba, Alberto, Úrsula por fin era mi mujer. Él debía saberlo, aceptarlo, ¿comprendes? Por eso no dije nada ése ni otros días. ¿Qué caso tenía? Podía perder a Úrsula, ella me lo había suplicado muchas veces: sus padres no se debían enterar. Esa tarde del jueves, como digo, la charla giró alrededor de Urbano. Terminamos de comer, pasamos a la sobremesa y, por fin, Úrsula se levantó, y yo junto con ella. Me pidió que la acompañara a cambiar unos pantalones a Liverpool. Me pareció una buena idea. Quizá después podríamos ir a mi casa, a Xel-Ha, mi santuario. No, Úrsula no querría, todavía estaban frescos los incidentes del martes. Por eso no insistí. Sólo fuimos a la tienda, cambió el pantalón y volvimos a su casa. Eso es lo que recuerdo del jueves, Beto, nada más.

Al otro día, el viernes muy temprano, pasé por Úrsula para llevarla a la universidad, lo que casi no hacía pues no me lo solía pedir. Esa única vez, creo, lo hizo y accedí contento. La dejé en la puerta de la facultad (como un novio o un perro fiel hacen) despidiéndome antes con un largo beso. Tranquilo, sin ninguna tribulación, fui a desayunar con un libro de Jane Austen a Sanborns. Los viernes no tenía clase y lo pasaba de la mejor manera que conozco: leyendo y cafeteando. ¡Qué abismo podía haber entre *Clemencia* y *Mansfield Park*!, no dejaba de pensar, ¡entre la novela de una joven provinciana y el bodrio de nuestro padre celestial! Pasé un par de horas en estas lucubraciones y otras, sumergido en la inamovible historia de Fanny Price y sus primos hermanos, hasta que, abotargado de café y lectura, recordé que debía comprar papel continuo para imprimir el nuevo trabajito que la insoportable Lola González de Cosío nos había pedido entregar. Fui a comprarlo. Lo más cercano era Liverpool. Fui sin ninguna malicia, te lo juro, Alberto. Busqué la sección de papelería. Luego de varias indicaciones, extraviado, llegué al mismo sitio al que un día antes había ido con Úrsula a cambiar su pantalón. Una señorita me reconoció y, para mi desgracia, me detuvo. La reconocí cuando me dijo:

—Disculpe, joven, ¿no vino usted ayer?

—Sí —le respondí.

—Con una señorita rubia —insistió—, a cambiar un pantalón.

—Sí, ¿por qué?

—Realmente no es de mi incumbencia —dijo titubeante—, pero ¿ella es novia de usted?

—Sí, claro, ¿no nos vio abrazados? —dije a punto de irme—. Dígame, ¿no sabe dónde está la papelería? No la encuentro.

—Es que ella venía abrazada de alguien más.

Fue como sentir una bomba de tiempo a punto de estallar. Me equivoco: una molotov que apenas estalló en mi rostro.

—Discúlpeme, joven, pero no dejó de llamarme la atención el hecho; es decir, un día con uno y otro día con usted.

—¿Está segura? —dije fuera de mí, con el corazón en la boca—. ¿Cuándo?

—El miércoles, antier —dijo esta bendita metiche del Señor—. Él le compró el pantalón a ella. Parecía un regalo. El hombre quería congraciarse, era obvio. Ella estaba contenta, se le colgaba del cuello, lo besaba.

Era el colmo, Beto, podrás creer esta parte de mi historia o no creerla. Ahora ni siquiera eso me importa. Sé que es más verdad que el cielo que tenemos colgando sobre nuestras cabezas. Urbano tenía razón: Úrsula era una zorra, una puta de mal agüero, qué duda podía caberme ahora.

—¿Y cómo era él? —pregunté ansioso de verificar lo que no necesitaba ser verificado: no podía ser *otro* más que *él.*

—Rubio, grueso… quiero decir, corpulento.

—¿Mayor? —casi rogué.

—Unos cuarenta y tres años, no sé exactamente —dijo amedrentada ante mi reacción, tal vez arrepentida de haberse metido en lo que no era de su incumbencia—. Pero me cayó muy mal, si le interesa saberlo. Sí, un tipo engreído.

Me di la media vuelta y salí de Liverpool. Había olvidado el papel continuo. Di marcha al auto y entonces pensé, Alberto, el asunto más grotesco que ningún amante pudo haberse imaginado en la historia de la *nouvelle* universal: ¿y si Urbano, *ex profeso,* hubiera *comprado* a esa señorita; es decir, le hubiera pagado antes para interceptarme, como hizo, y decirme esa gran mentira? Sí, podía ser. Era imposible que Úrsula fuera tan cínica. Quiero decir, Úrsula *no podía ser tan cínica y demoniaca* como para llevarme a cambiar un pantalón que *él,* un día antes, le había regalado, jugándoselo de esta forma todo conmigo. Sin embargo, era cierto, mucho tiempo después lo comprobé.

Cuando llegué a casa eran las once y media de la mañana. El mundo se había derrumbado ante mis ojos y mi confianza había sufrido el peor revés de su existencia. Intenté calmarme y no pude. Me preparé una taza de té que apenas bebí. Deambulé un rato por la casa, di vueltas de energúmeno en mi cuarto, encendí el televisor y sólo entonces (aturdido, embotijado) se me ocurrió ir a buscar a Úrsula a su facultad. Era imprescindible hablar con ella, acabar con este gran *performance* triangular de una puta vez. Todavía podía encontrarla, Alberto, eran las once y cuarenta y cuatro cuando salí hacia la universidad.

Como un desquiciado, bajo el sol del mediodía que empapaba mi frente y mi espalda, busqué a Úrsula en cada salón de las tres plantas del edificio de su facultad. No estaba o no la vi. Pregunté por ella. No la conocían. Fui a la dirección del departamento e intenté verificar su nombre. Al principio no quisieron darme la información, Beto, pero después de insistir y rogar un largo rato, una secretaria compadecida me indicó los salones donde debería estar y los horarios correspondientes: muy pocos coincidían con los horarios que Úrsula me había dado desde que la conocí. Me sentí desorientado, hundido por los engaños reunidos y al fin descubiertos. Me ardían las sienes, la cabeza me daba vueltas, tuve incluso un acceso de náuseas. Como un autómata que no es dueño de su voluntad, me dirigí al salón indicado. Eran cinco para las doce. Debía estar saliendo de una clase, pero no estaba allí. Le pregunté a un muchacho por ella y me dijo que ese día no había ido, que toda esa semana no había ido. Por un momento creí que me iba a desmayar, como una señorita o una parturienta, Beto, peor que eso. Resistí aunque, de pronto, volví a tambalearme, volvió a cimbrarse el suelo en donde yo pisaba. Agradecí la información al tipo y salí de la Facultad de Psicología.

No tenía a dónde ir, qué rumbo tomar. ¿Dirigirme al Ajusco, a mi desolada casa de Xel-Ha? ¿Para qué? ¿Con qué objeto? ¿Pero a qué otro lugar podía irme a esconder, a ocultarme del mundo? Pero… si el mundo era Úrsula; al lugar a donde yo fuera… ella iba estar. Esto era lo más terrible, Beto. Es decir, seguía enamorado de ella y, como enamorado, uno sólo puede pensar que *es imposible vivir sin la persona amada*. La tenía que dejar, era imprescindible salir de ese tríangulo donde cada uno a cada cual nos torturábamos. Yo más que ninguno era el torturado, estoy seguro. Sí, porque yo nunca estuve preparado para entrar en el juego, nadie me lo dijo, nadie me lo advirtió jamás. Ellos, en cambio, sabían de lo que se trataba o, al menos, conocían sus leyes. Úrsula y Urbano me habían metido en su propio infierno sin imaginármelo, sin darme cuenta cuándo ni cómo ni por qué. ¿Por qué me habían escogido?, era una pregunta que no sabía responderme y me acuciaba a cada instante. De pronto, sin saber qué instinto me llevó hasta allá, estaba fuera de la casa de Úrsula, estacionado justo donde Urbano se solía estacionar, en la esquina, bajo una cúpula oscura de árboles. Cuando recapacité habían pasado por lo menos dos horas. Ahora yo era el perro apaleado, el perro triste, el voyeurista frustrado por el desamor, por el desánimo. Estaba a punto de irme, Beto, cuando en la esquina vislumbré el Mustang de Urbano, ningún otro: conocía el color. Él se estacionó una cuadra más allá de la casa; es decir, a una cuadra y media de donde yo estaba. Por fin, decidido a verlo con mis propios ojos, acerqué mi auto, pasé lentamente por donde estaba el suyo, dispuesto a cruzarme con él, y allí vi (ahora sí *con mis propios ojos*) a Urbabo y Úrsula besándose. No sé qué me impelió a bajarme, aproximarme al vidrio cerrado sin que ellos se hubiesen dado cuenta y esperar a que por fin me vieran apostado allí. Así fue. Urbano fue quien primero se percató y de inmediato lo siguió Úrsula. Quizá por las sombras o por el mismo fenómeno del reflejo de la luz en el cristal, no logré verificar de inmediato el espanto en sus ojos, el miedo que de pronto se apoderó de los dos cuando observaron mi figura impasible, mi figura terriblemente impasible, desquiciada, Alberto.

Volví a mi auto, arranqué y salí de allí, esta vez sin ningún llanto, ni una sola lágrima. ¿Te acuerdas, Gon, que te dije que lloré la primera ocasión en que huí de casa de Úrsula? Esta vez ya no. Tal vez no había caído en la cuenta de lo que sucedía realmente, quizá entonces no había aquilatado en su absoluta magnitud mi insania, el violento trastorno que mi alma sufrió ese viernes. Quién sabe. Sólo mucho tiempo después, cualquiera de ustedes, amigos, pudo verificar cómo esa tarde tuvo las consecuencias que, a la postre, tuvo para mí, cómo ese hallazgo trastocó mi vida. Quizá no fue sólo ese día (sino también los días anteriores), los que lograron por fin hacerme *ver* lo que estaba sucediendo dentro de mí, lo que estaba tomando forma en el lugar más siniestro de mi alma. Te lo juro, Alberto, no exagero, ya verás que no.

El compromiso

Cuatro meses después, una noche, me encontré casualmente a Agustín, el vecino regordete de Úrsula, el mismo que te obsequió un cachorrito, Rafael. Nos saludamos con cierta reticencia. Tal vez deba decir que yo fui el que me acerqué, ¿pueden creerlo, amigos? Todavía moría en deseos de saber si *aquel día en que Úrsula y yo nos reconciliamos* (cuando la invité a la fiesta y ella se excusó por ir con él) había salido con Urbano.

—Sí, Bernardo —me dijo no sin cierta vergüenza, dispuesto a despedirse de mí en cuanto pudiera hacerlo—, los dos estuvieron juntos toda la noche. Yo no la invité. Ella tenía sus boletos y yo los míos. Era una fiesta de la colonia pero cualquiera podría haber entrado allí.

—¿Y qué hacían? —le rogué.

—¿Cómo que qué hacían? Pues lo que hacen todos *los novios:* abrazarse, besarse, tomarse de la mano —respiró profundo, luego sonrió para sus adentros tal y como hacen los que desean acordarse de algún detalle en particular—: Es curioso. Urbano, todo un grandulón, perdidamente enamorado de ella, con las manos cogidas como quinceañeros. Tú sabes, Bernardo. Un poco chistoso, ¿no?, desacostumbrado. Como que no esperas encontrarte una pareja así; quiero decir: tan dispareja.

—Sí —le contesté meditabundo.

—¿Sabes? Creo que fue bueno que la hayas dejado. Debías hacerlo —me dio una breve palmada—. Les estabas haciendo mucho daño.

—Pero si ellos me lo hicieron a mí —resondré.

—Bueno, no importa —se despidió.

Yo también ya me había dado la media vuelta cuando a lo lejos escuché la voz de Agustín que me anunciaba:

—Por cierto, Bernardo, ¿sabías que se casan? Creo que en un mes. Ya era hora.

Sí, ya era hora. La hora del áspid.

XXII

El áspid

Me hubiera gustado saber si al final los padres de Úrsula habían aceptado a Urbano y, junto con él, el compromiso de su hija. O si, al contrario, Úrsula se había escapado con Urbano (vía la casa de su abuela) sin el previo consentimiento de sus padres. Cualquier cosa podría haber sucedido. Recordaba, no sin cierta aprehensión, aquellas palabras de la madre de Úrsula: "Uno de esos tipos que se dan golpes en la espalda con un nopal". Urbano era uno de ésos, un enfermo, un fanático. Sin embargo, después de esos cuatro meses, comprobé cómo no sentía ningún odio hacia él, Gerardo, ninguna clase de resentimiento. Mi rencor lo había depositado íntegramente en Úrsula.

En esos cuatro largos meses de desintoxicación volví a mi primitivo goce onanístico: la pornografía. Tal vez ella no detentara el poder mágico del ursulismo, Gon, pero al menos guardaba cierta fascinación que embellecía la grisura de la vida. Volví al Foxy's, al Gema, al Black Horse, a los videoclubes privados y públicos, a los masajes diurnos, a las más esplendorosas revistas que podía encontrar y a todo lo que me hiciera zde yeso, lo mismo hice con las azufreras; viajé a Salina Cruz en un par de ocasiones, encontré allí los almacenes propicios, los alquilé; estuve en contacto con Charles y Selma, ultimé los detalles del flete y el libre abordo y, por último, di carpetazo a la cartera después de cinco años. En resumen, pasaron algunas cosas interesantes en ese periplo (como acabar *Mansfield Park*) y nada que tuviera que ver con Úrsula y Urbano.

Como dije, Nacho, hasta ese día mi rencor lo había depositado íntegramente en Úrsula y no en el fanático de Balaguer. Una semana más tarde confirmé las dos cosas. Es decir, que Urbano estaba enfermo, pero de celos, de despiadado amor por Úrsula, y también que yo no sentía odio o rencor hacia él, no, al contrario: guardaba cierta especie de conmiseración por su pobre alma, pues no había logrado escapar *a tiempo* como hice yo, *o como yo creí haber hecho*. Úrsula lo tenía encantado, Rafa, como hizo la Medusa con Perseo.

¿Cómo sucedió?

Algunos días más tarde Urbano tocó el timbre de mi casa. Eran las diez de la noche. ¿Qué buscaba? No podía siquiera suponerlo hasta que, ya adentro, me empezó a decir:

—Bernardo, vengo en son de paz. Ya sé que te va a parecer ridículo, pero necesito saber *algo*.

—¿Quieres una cerveza? —lo interrumpí y fui directamente al refri a sacar un par de Coronas heladas.

—Sí, gracias —me contestó, aunque en el fondo no sentía deseos de beber, sólo le importaba mi ayuda, Ocho, ¿puedes creerlo?—. No sé si sabes que me caso con Úrsula.

—Sí, me enteré apenas —le respondí con franqueza, sin turbarme, dando de inmediato un prolongado sorbo a la cerveza helada.

Quien de plano parecía turbado era Urbano. Toda su virilidad estaba puesta a prueba y hasta ese momento yo no podía saberlo, Armando, no podía habérmelo siquiera imaginado.

—Me caso el mes próximo y hay una duda que no me deja dormir hasta la fecha —titubeaba, daba vueltas a la botella como un párvulo. Yo comenzaba a entender, a vislumbrar de qué se trataba todo ese esperpéntico circunloquio, aunque todavía no podía estar seguro, completamente seguro. Así que esperé, aceché como un áspid.

—Dime, Urbano —lo hostigué con halago, con hipócrita sinceridad.

—Creo que el pasado debe quedar atrás. Quiero decir, es tiempo de olvidar los malos ratos —esperó, calibró las palabras precisas, y dijo—: Ahora, yo lo sé, tú no nos guardas rencor. Al contrario…

—Sí, sí —insistí—. Dime de qué se trata.

—¿Te acostaste con Úrsula? —eso era justo lo que empezaba a temer y ahora, precisamente, oía.

Hice un gesto de sorpresa, un rostro de absoluta incomprensión.

—Ya sabes a qué me refiero, Bernardo.

—No exactamente, Urbano, pues tú *nos viste*, ¿recuerdas? —dije con tal ventaja y maldad que me asusté de mí mismo.

—Es que Úrsula me jura que es virgen —oí claramente cómo a Urbano se le empezaba a quebrar la voz, se le saltaban las lágrimas una a una—. Jura que no lo hizo contigo, que esperará a que nos casemos para entregarse a mí, pues *eso* fue lo único que le pedí y yo ya no sé qué pensar, te lo juro.

—Creo que *eso* tú te lo tienes que responder, Urbano.

—¿Cómo? —me preguntó trémulo, desamparado.

—Antes de casarte, quiero decir —respondí a bocajarro.

—No entiendo, Bernardo. Te juro que no entiendo.

—Claro que me entiendes, Urbano, sólo que no me quieres escuchar, te niegas a creer, a abrir tus ojos. Yo, tú lo sabes, no te debería contestar —no daba crédito a mis oídos, al glorioso alarde de maldad que mi boca destilaba—, en todo caso: tú debes descubrirlo por tu propia cuenta. ¿Cómo piensas casarte y compartir el resto de tu vida con alguien de quien dudas si te ha sido infiel? Si ella te dio motivos, Urbano, debes decidirlo por tu cuenta. Sólo tú debes resolver si Úrsula te está diciendo la verdad o no.

—Por favor, dime —gimoteó, continuó llorando.

—No debo —le cogí la mano—. Simplemente no debo. Ve, Urbano, y por tu propia cuenta y riesgo descúbrelo. Te queda un mes, ¿no es cierto?

—Tres semanas, Bernardo.

Lo acompañé a la puerta, nos dimos la mano. Ninguno de los dos nos queríamos despedir, pero era tarde. Lo seguí a su auto. Entonces, no me preguntes cómo fue, Beto, pero de pronto Urbano me abrazó; ese hombretón de cuarenta y tres años se dejó caer en mis brazos, abatido y atribulado. Yo también lo abracé compadecido y entonces, bajo la clara noche del Ajusco, le susurré imperceptiblemente:

—Pregúntale cómo le gustaba que se lo hiciera —y antes de que Urbano me dijera algo, terminé—: Y ahora, perdóname, no te puedo decir más. Tú me lo pediste.

Es tu cuerpo fuego amante

Es la oscuridad mediante
el fuego, otra oscuridad:
secreto fuego distante
que discierno claridad.

Es tu cuerpo fuego amante
el que alumbra en soledad,
por el que trasuda errante
mi cuerpo: eres humedad;

si yo te veo al través,
si con el alma me acerco
y sin los ojos me ves;

eres tú humedad si el cerco
de mi olor ciñe tu envés
y mi amor se ciñe terco.

El beso

Lety, es hora de terminar esta historia y contarte *la verdad*. Esto de *la verdad* cuando se escribe sobre uno mismo ya es de por sí un problema, lo sabes. Si digo que lo escrito está basado en la vida real nadie va a creer sino que utilizo la misma retórica de Cide Hamete Benengeli; es decir, la de repetir *ad infinitum* que la vida y los hechos de Alonso Quijano son verdaderos, y entonces el efecto logrado es el inverso: nadie cree sino que es mentira lo que el narrador nos cuenta pues *una historia que es real no necesita estar insistiendo en ello*. En otras palabras, Lety, descubro que mi relato puede pecar de engañoso desde el momento en que insisto en su verosimilitud. Pues ahora déjame decirte lo contrario: es verosímil y verdadero aunque insista en ello, *a pesar de que yo*, Bernardo, insista en afirmarlo. No es tan complicado como aparenta.

Por otro lado, dice el dicho que la vida a veces logra copiar a la ficción, que tal llega a ser el nivel persuasivo de la literatura que hasta la misma vida se vuelve un vástago, un hijo pródigo, de las novelas. Sin embargo, ésta no lo es: se trata simplemente de una historia que a mí, te lo juro, me sucedió alguna vez, no hace mucho. Que de pronto me ponga exquisito o dé muchas vueltas a ciertos acontecimientos, no significa que mienta. Recuerda que es un mal de profesión contar con minucia y detalle los hechos. Asimismo recuerda que aunque *parezca* una novela, nada de lo que escribo lo exagero o lo hiperbolizo (no es mi estilo), si suena así es que Urbano y Úrsula eran una suerte de Gargantúas y Pantagrueles de primera línea.

En los días que siguieron a la visita de Urbano me dediqué a escribir unos cuantos poemas. Todos los rompí excepto uno que titulé *Es tu cuerpo fuego amante*. No sé qué razones habré tenido para ponerme a escribir, para volver a creer en la poesía y resucitar un hábito olvidado. En todo caso lo hice y eso me reconfortó. También por esos días llamé a Ocho y a Rafa, salí al cine con Jorge y Nacho; Pedro y unos amigos suyos vinieron a la casa, comí con Armando y Gon un viernes y, por último, una noche fui al Gema con Gerardo aunque, debo admitirlo, me aburrí terriblemente. Y es que no encontraba sustituto para el mal que Úrsula me había inoculado. La pornografía se volvió obsoleta y aunque, a veces fue un paliativo, ella nunca se asemejó a lo que en su día fue rendir cuentas al culto de la duda, los celos y a eso que no era sino el Érebo de amor. Proust le rindió cuentas a ese culto y escribió:

Las exigencias de nuestros celos y la ceguera de nuestra credulidad son más grandes de lo que podía suponer la mujer que amamos. Cuando nos jura espontáneamente que tal o cual hombre no es para ella más que un amigo, nos perturba enterándonos de que es para ella un amigo (cosa que no sospechábamos). Mientras nos cuenta, para demostrarnos su sinceridad, que esa misma tarde tomaron el té juntos, a cada palabra que dice, el invisible, el insospechado va tomando forma ante nosotros. Nos confiesa que él le pidió que fuera su amante y sufrimos el martirio de que ella pudiera escuchar sus proposiciones. Nos dice que las rechazó. Pero dentro de un momento, recordando su relato, nos preguntaremos si esa negativa es verdadera, pues entre las diferentes cosas que nos dijo, hay esa falta de vinculación lógica y necesaria que es, más que los hechos que se cuentan, el signo de la verdad. Y además tuvo ese terrible tono desdeñoso: "Le dije que no, rotundamente", que se encuentra en todas las clases de las sociedades cuando una mujer miente. Sin embargo, tenemos que agradecerle que se negara, animarla con nuestra bondad a que siga haciéndonos en el futuro esas confidencias tan crueles.

Dos semanas más tarde, después de haber ido a cenar con Beto al Friday, encontré a Urbano en la puerta de mi casa. Sólo que estaba tumbado, despatarrado, justo como *no solía* hacer quien era, a la postre, un árbitro de las formas más conservadoras y retrógradas. Eran casi las doce de la noche. ¿Qué podía querer ahora? En el fondo yo esperaba su visita, debo admitirlo. Estaba seguro de que en cualquier momento iría a Xel-Ha para decirme lo que había o no había descubierto al cabo. Y así fue, allí estaba él, completamente ahogado en alcohol, con la mirada vidriosa, aguardando desde hacía no sé cuántas horas a que yo llegara. ¿Y si quisiera vengarse, hacerme algún daño?, pensé. ¿Qué le habría dicho Úrsula o qué habría terminado por descubrir él? ¿Acaso debía temerle? ¿Cuánto sabía y cuánto estaría aún engañado? Lo que de cualquier modo era un hecho, recordé, es que para su boda faltaban ocho días solamente. ¿Sabría Úrsula que él estaba allí? No, era muy poco probable que lo supiera o que ambos hubiesen tramado algo en mi contra: Urbano estaba borracho y en eso no me equivocaba.

Abrí las tres cerraduras de la casa y lo cargué sobre mis hombros. Aunque él, presumiblemente, hacía un esfuerzo (es decir, se apoyaba en mí, movía las piernas, cruzaba un brazo sobre mis hombros), más de la mitad de su cuerpo se sostenía en el mío y yo, como tú sabes, no soy corpulento. Por fin, no sé cómo lo logramos, estábamos los dos en mi recámara. Si lo hubiese llevado a la cocina se hubiera caído de la silla, estoy seguro. Creo que fue por eso que preferí recostarlo y esperar un rato a que se recuperara. No tuve que hacerlo. Nada más hube regresado de la cocina a donde había ido a preparar un té, Urbano empezó a balbucear justamente *aquello* que deseaba oír, por lo que yo moría de impaciencia:

—Tomé valor e intenté acostarme con ella después de verte, Bernardo, pero Úrsula no quiso. Al principio había aceptado pero luego empezó a sospechar algo. No sé cómo lo intuyó, el caso es que ya desnudos, en mi casa, a punto de hacerlo, comenzamos a discutir hasta que nos gritamos. Entonces, desesperado, *le pregunté,* Bernardo, sí, *le pregunté.* Le dije lo que tú me pediste que le preguntara, ¿te acuerdas?, ¿que cómo le gustaba que se lo hicieras? Entonces supo que yo había venido a verte y se enojó aún más, ¡no tienes idea! Me odiaba por haber venido, por no haber tenido la suficiente confianza en ella —por un momento pareció sobrevenirle una arcada, tomó aire y, por fin, continuó diciéndome—: Sin embargo, fue todavía peor cuando unos días más tarde, sin avisarle, la llevé al hospital. Le dije que teníamos una cita con un doctor. Ella creyó que el doctor iba a verme a mí, pero cuando vio en la entrada de su consultorio la placa, me empezó a gritar, se puso hecha una furia, me soltó de golpes, ¿que cómo me atrevía a llevarla al ginecólogo? Le pedí que lo hiciera por mí, por nuestro amor. Úrsula me dijo que la estaba humillando, ¿verdad que no es cierto, Bernardo?

—Claro que no, Urbano, ir con un ginecólogo no es una humillación. De ningún modo —le contesté mientras lo consolaba, mientras acariciaba su frente y veía revolcarse su cuerpo en mi cama, igual a un niño que llora por haber perdido a su mamá—. Ella debió haber aceptado la consulta *por amor,* ¿no es cierto, Urbano?, de lo contrario querría decir que no te quiere.

—Sí, sí, tú me comprendes: Úrsula no me quiere —me contestó tomándome de las manos—. No aceptó entrar y salimos del consultorio y del hospital, y ya no quiso volver a verme.

—¿Y todo esto cuándo sucedió? —le pregunté con una alegría que apenas podía reprimir, feliz de ver a Urbano en mi casa, ebrio, hablándome, descargando todo su rencor.

—Apenas hace dos días —dijo Urbano con los párpados entornados, tumefactos—. Al otro día quise ir a reconciliarme pero ella me dijo que lo tenía que pensar, que me quería pero que yo, sin embargo, la había humillado. Y no es cierto, Bernardo, te juro que ésa no fue nunca mi intención. Le pedí que me dijera nada más lo que ustedes dos hacían, y siempre me ha contestado lo mismo, que nada, sólo besarse.

—¿Y la boda? —le pregunté.

—No sé, no sé. Me dijo que hasta mañana o el domigo me iba a contestar —otra vez lo vi soltarse en llanto, revolcarse en la cama completamente perdido en el alcohol, franqueándose conmigo, balbuceando su última anécdota con Úrsula de manera harto inconexa—. Pero ahora, Bernardo, no tengo idea de lo que yo vaya a decidir, ¿comprendes? No sé si creerle, no sé con qué clase de mujer voy a casarme. Y aunque en el fondo yo estoy seguro de que ella me va a perdonar, no me puedo casar si antes no me demuestra su pureza. Por eso estoy aquí, por eso he bebido, porque no puedo más. Vengo a que me ayudes y me digas qué quiere decir lo que me dijiste al final, lo que me susurraste al oído esa noche —se detuvo, y mirándome a la cara, terminó—: Si realmente ustedes hicieron el amor, dime: ¿cómo lo hicieron? Por favor, te ruego una explicación porque no lo entiendo.

—¿De veras quieres saber, Urbano? —le contesté, me acerqué a él con cautela, exactamente como él solía acercárseme cada vez que quería hablar conmigo—. Pero antes necesitas saber una cosa: me agradas. Sí, no te asustes, me agradas como amigo. Desde que te vi, hace seis meses, hice todo lo que me viste hacer nada más por mantenerte cerca, a mi lado. Yo no quería a Úrsula, nunca la quise, te estimaba a ti. No como ella dice que te quiere, Urbano. Te quiero como un amigo quiere a otro, te quiero más que ella, debes saberlo. No te quiero engañar: Úrsula *no nos conviene*, tú lo sabes, jamás nos convino. No es una buena mujer. Y tú y yo podemos ser buenos amigos si tú me dejas, Urbano. No debes casarte con ella. Quédate conmigo, olvidémosla… Quédate conmigo hoy.

Urbano no dijo una palabra, continuaba llorando, parecía no haberme entendido aunque asentía y se dejaba hacer, acariciar. Yo simplemente seguí hablándole al oído, Lety, le susurraba los versos que le había escrito, lenta y dulcemente, intentando siempre no asustarlo, no herirlo. Yo, mientras tanto, ya estaba recostado a su lado, los dos en la misma cama, muy juntos. Entonces tomé aliento y le dije con voz suave, apenas perceptible al oído aunque el silencio de la montaña nos inundaba por completo a los dos:

—Si de veras quieres saberlo, Urbano... —me quedé callado, levanté la cabeza y la puse muy cerca de la suya. Lety, lo besé. Lo besé *puesto que tenía su aliento junto a mi mejilla, en mi boca, que yo entreabría sobre la suya y a la que, por mi lengua, pasaba su vida,* escribe Proust.

Jorge Volpi

Sanar tu piel amarga

Para los habitantes de este libro

*Uno sólo tiene lo que puede ver
y no ve más que lo que quiere.*
JUAN GARCÍA PONCE

LOS AMANTES SE CONOCEN

Porque para el amor que se prolonga
Por encima de cada sepultura
No existe tiempo donde el sol se ponga.
FRANCISCO LUIS BERNÁRDEZ

I

El amor existe. Sí, el amor de los cuentos de hadas, el amor de la Bella Durmiente por el príncipe, el del príncipe por Blanca Nieves, el de Cenicienta por el príncipe. El amor de los trovadores por sus damas, el de Arturo por Ginebra, el de Abelardo por Eloísa, el de Salomón por la reina de Saba, el de Dido por Eneas. Sí, amigas y amigos, el amor auténtico, el amor loco, el amor pasión, el amor delirio. El amor inmortal, inmarcesible, inexplicable, inexpugnable y eterno de Romeo y Julieta, de Fausto y Margarita, de Charlotte y Werther. El ardiente y poderoso amor de los románticos ingleses y alemanes, el infinito y prístino amor de las novelas francesas, el tierno y claro amor de las películas norteamericanas. El amor de Petrarca por la dulce Laura, el de Dante por la sutil Beatriz. Sé que en cualquier otro momento de la historia emprender un recuento semejante habría parecido, si no insulso, banal. ¿Qué insana obsesión de nombrar lo evidente, de incidir en lo obvio? Pero ahora, ay de nosotros, recordar tales historias incita a la burla y al desprecio. Como el poeta André Chénier, cuando la frívola Maddalena rio de sus invocaciones amorosas, habría que gritar a los oídos escépticos que no escarnezcan más el divino regalo del amor. Que no lo corrompan. Que no lo olviden. Quizá, es cierto, vivimos días en los cuales resulta difícil hallarlo, sus trazos se nos escapan como el agua del mar entre las manos, pero ello no autoriza a suponer que no esté presente entre nosotros, oculto, al acecho, dispuesto a aparecer cuando menos se le espera. Oh, amigos y amigas, no desprecien las palabras del poeta, no huyan, no se atemoricen: el amor existe.

II

Comprendo tu inquietud, Miguel: si fuese tan fácil, tan evidente, ninguno de nosotros gastaría la luminosa tarde en este recinto, y yo menos que nadie. Tienes razón, al menos en parte: en la aciaga época que nos ha tocado, el amor no ha desaparecido, pero se ha vuelto escurridizo. De modo siniestro, hemos perdido la capacidad de nuestros antepasados para darse cuenta de dónde se halla, de qué se puede hacer para atraerlo. Voy a decirlo en términos burdos: hemos perdido práctica para el amor. Atrapados en la luz de lo inmediato, en la fragilidad de lo conocido, en la inercia de los días, acostumbrados a la incredulidad y a no tomar riesgos que se antojan innecesarios, hemos perdido la chispa que permitiría encender en nuestras vidas los laberintos del amor. Simple y llanamente, amigas y amigos, preferimos mirarlo de lejos, cómodamente instalados frente a nuestras pantallas de telenovela, en vez de lanzarnos en su búsqueda. Preferimos, insisto, el amor virtual, la pasión electrónica y secundaria, al deseo, la voluntad y el combate por un amor para *nosotros*. Los nuestros son tiempos de felicidad indolora, de apatía. Cualquier meta que suponga un esfuerzo extraordinario, una privación momentánea, la cesión de un placer, es desechada por nuestro insípido narcisismo finisecular. Como tú dices, Adriana, nuestro moderno egoísmo se basa en la utilidad y no, como antes, en el amor hacia uno mismo: eso lo vuelve tan nocivo. Ya lo decía la Biblia: si no nos amamos a nosotros mismos, ¿cómo esperamos amar correctamente a nuestro prójimo? No, amigas y amigos, ése no es el camino. El amor exige lucha, concentración, valentía. Y, créanmelo o no, ejercicio. Tal cual. ¿Cómo habrías de ser un buen basquetbolista, Manuel, si no entrenas a diario en las canchas? ¿Cómo habrías de ser campeona de natación, Yazmín, si no te sumerges cada tarde en la piscina? Lo mismo sucede con el amor. En cierto sentido, amigas y amigos, lo único que haremos a lo largo de estas cuatro charlas, aquí, será ejercitarnos para el amor.

III

Diré que se llamaba Laura, como un homenaje al autor de *Los triunfos*; Laura Espejo. No tendría caso confesar que era hermosa, aunque lo era. Ni que su belleza surgiese, justamente, a partir de los rasgos que la diferenciaban de su célebre homónima: la piel morena, los ojos profundos, negros; el largo cabello más negro aún. En el Renacimiento, su semblante callado y su sonrisa tenue hubiesen bastado para convertirla en inspiración de quinientos poemas, en la favorita del abultado catálogo de Leporello, en el paisaje favorito de un pintor veneciano. Pero, en nuestro siglo, se le considera *demasiado hermosa*. Demasiado hermosa para que alguien se atreva a amarla.

IV

Lo repito: la belleza, en nuestro tiempo, ya no incita al amor. Al contrario, se desconfía de ella tanto como de un político orgulloso; de un escritor galardonado, de un médico enfermo. Nuestro mundo ama la fealdad, con desvergüenza: así nos unifica *y* nos torna menos incómodos. Una mujer bella ofende, escandaliza, detiene. Tal maldición se reserva a las lejanas y fieras actrices y cantantes de ese mundo paralelo que invade nuestros hogares a través de microondas. En otro caso, las piernas largas y firmes, el cuello nítido, las manos finas se convierten en un estigma oprobioso, en una presunción que no es políticamente correcta. ¿Qué necesidad de ofender a los demás, a la mayoría, con treinta y dos dientes perfectos? Para colmo, hoy la belleza, además, inspira desconfianza: nuestro renovado temor hacia lo distinto. Cuando lo ordinario campea, se asume que una mujer bella posee, sin duda, un pasado innumerable, el carácter de un ogro y la paciencia exterminada. O bien que es necia y frívola. O tonta. Cada excusa como reflejo de una inferioridad no asumida, de un miedo trastocado en odio. Frente a una mujer bella, los hombres se conforman con tres actitudes, igualmente vanas: admiración y envidia silenciosas, galanteos bravucones o amañada indiferencia que en el mejor de los casos se resuelven en una huida veloz y sin compromisos.

V

Como si no le bastase tal desventaja, Laura era, para colmo, inteligente: más de lo que hubiese sospechado cualquiera; más incluso, lo confieso, de lo que yo mismo suponía. Su reserva le servía de escudo; la mirada siempre baja, la piel sin maquillar, la negra discreción de los vestidos (que, no obstante, siempre eran un poco más cortos de lo que uno hubiese imaginado). Sus maestros de Derecho insistían en reprender su timidez; sus adversarios en tribunales, por el contrario, deploraban que su serena voz contradijese, con rigor, sus alegatos. Comprendo tu sorpresa, Mildrett, pero te aseguro que, a pesar de su infantil vocación de pintora, era una excelente abogada. Decenas de clientes la desechaban sólo al verla, pero los pocos que le entregaban sus asuntos jamás se arrepentían. Era cuidadosa, ordenada, precisa; si no ganaba todos los juicios, sus derrotas adquirían siempre un vago aire de victoria: reflejaban un tesón que sus enemigos tachaban de maniático.

En resumen, Laura era bonita, astuta, empeñosa; tenía, sin embargo, como ustedes ya imaginarán, una triste historia de amor a cuestas, grave y oscura como tantas otras. Igualmente inmerecida. Si he de usarla de ejemplo, es para que ustedes identifiquen su desventura, de modo que les parezca igual de posible, para sus propios destinos, la posterior felicidad que halló Laura.

VI

Educada, como las niñas de su clase, en un colegio de monjas, Laura Espejo se desarrolló en medio de las convicciones contrastantes que tal sistema imbuye en sus alumnas: la fascinación infantil por el pecado, ciertas dosis de repulsión carnal, el gusto secreto por las películas pornográficas y los zapatos relucientes. Sé que muchas de ustedes, queridas amigas, padecieron trances semejantes, así que a despecho de la opinión de los varones, he de ahorrarme las disquisiciones psicoanalíticas sobre su adolescencia. Sólo remarcaré un aspecto: a los veintidós seguía siendo *completamente* virgen. ¿Cómo que *completamente*, Maricarmen? Quiero decir que no había recibido, siquiera, un beso. Desde su ingreso a la universidad, a la Escuela Libre de Derecho —por desgracia—, se convirtió para sus compañeros en una visión extraña e incómoda: los más inteligentes o, digámoslo mejor, los que obtenían buenas notas, la miraban con una mezcla de envidia y desprecio; los otros la buscaban sólo a la caza de tareas. Un par se aventuró a invitarla a salir, con resultados opuestos aunque igualmente desastrosos: uno intentó besarla en el cine y no volvió a hablarle más; el otro se transformó en su único amigo y jamás se atrevió a tocarla. La hermosa y pulcra Laura era, asimismo, la solitaria Laura... Cierto es que, aceptando su condición marginal, ella tampoco hacía mucho por cambiar su estado. Pronto consiguió un trabajo de pasante en una oficina gubernamental y después en el despacho de un viejo conocido de su madre. Imaginen ustedes su vida de entonces, consagrada a la escuela y a sus primeros clientes: salir de casa a las siete de la mañana y regresar de nuevo, extenuada, a las nueve de la noche, sólo para encerrarse en su cuarto a manosear revistas y mirar viejas películas en blanco y negro. Luego de titularse, la inercia cotidiana la convenció de que no había otras opciones; los meses transcurrían sin pena ni gloria, sin prisa. Pero aquella monotonía terminó, abruptamente, un siniestro día de octubre.

VII

Frente a su escritorio, un nuevo cliente; un hombre maduro, de semblante inteligente, cuya fisonomía no necesito exponer. Lo llamaré Juan Molina.

—Siéntese, por favor —lo invitó Laura.

Alguien más versado en estos menesteres hubiese sabido desde el principio qué tipo de sujeto era Molina; Laura, no. Al decir aquel *siéntese, por favor*, ella había decidido su destino, sin tener siquiera un comendador que la protegiese (a su padre, oficinista, no le hubiese importado el encuentro).

—Quiero estar libre en dos meses —le dijo él a bocajarro.

—Si su asunto es penal, entonces...

—Libre de *ella*, de Elvira —rio mientras clavaba sus ojos en los ojos negros de Laura—. No importa cuánto me cueste, *licenciada*, lo que me importa es el tiempo.

He de añadir, con un poco de pena, que el despacho en el que trabajaba Laura se dedicaba justo a lo contrario que yo y Las Afinidades Electivas: separar a las personas que han dejado de tolerarse, más que de quererse. En fin, Juan le expuso largamente su problema: Elvira era su segunda mujer, rica, fea, insignificante. Llevaban apenas ocho meses de casados y a él le urgía dejarla para contraer nuevas nupcias con una tal Ana de costumbres suculentas.

Al inicio, a Laura le asqueó el talante de aquel hombre; le repugnó su cinismo, su hipocresía, y lo que a ella en ese momento le pareció cierta estupidez rampante. ¿Qué necesidad de casarse, se dijo, si podía andar con Ana, Elvira, Zerlina y quien quisiese sin tanto trámite? Acaso este menosprecio temprano provocó que Laura bajase sus defensas. La siguiente vez que se vieron, fue para iniciar el papeleo del divorcio administrativo; al terminar, Juan la convenció de ir a comer. En otra circunstancia y con cualquier otro, ella se hubiese negado sin dudarlo, pero ahora una fuerza secreta, la curiosidad que mató al gato, la llevó a aceptar. Y así, a la comida le siguió una cena; a la cena, una función de cine; al cine, ir a bailar; y al baile como dices, Manuel, Laura era lenta y Juan, paciente; al baile, digo, el primer beso.

VIII

El cinismo de Juan tenía una causa eficiente: había sido, toda su vida, funcionario público. Era refinado, ágil, gran conversador y, sobre todo, gran mentiroso. No alguien que cambia la realidad para conseguir una meta, como podemos hacer todos, sino alguien que se enreda y trastoca los hechos sin orden y control, hasta que éstos lo rebasan. Elvira era, en efecto, su segunda esposa, pero continuaba manteniendo relaciones *cercanas* con la primera, y además tenía una amante con la que llevaba dieciséis años; con cada una de las cuales, para culminar, tenía dos hijos. Lo anterior no le impedía querer unirse ahora con Ana y coquetear con quién sabe cuántas más, Laura incluida. ¿Dices, Miguel, que resulta demasiado *revelador* el nombre que le puse? Tal vez, pero sólo a condición de dejar claras las diferencias: nuestro Juan no era libertino, como lo vio claramente Laura desde el principio, aunque luego lo olvidase, sino estúpido. Atrapado, cercado, encerrado por sus propias argucias. A pesar de su voz engolada y su porte marcial, era un pobre diablo; carecía del mayor mérito de su célebre homónimo: no la capacidad de seducir mujeres, sino de dejarlas en el momento oportuno. Al no hacerlo, su vida, y las de quienes se le acercaban, se transformaba en un ovillo indescifrable. Y Laura iba a ser la mejor pieza de su colección.

IX

Laura y Juan se hicieron amantes. Las condiciones no sólo fueron extrañas, sino terribles: ella permaneció virgen. Laura aceptaba a un hombre mayor y casado, a un cliente, pero sólo a condición de respetar un último atavismo inculcado por su familia; sólo a condición de reservarse, al menos, una prenda para un futuro esposo posible. Juan, un tanto divertido, le prometió cumplir esa rígida norma, pero sólo a condición de que todo todo lo demás estuviese permitido.

Algo enfermo apareció entonces en sus jugueteos eróticos. Al principio, a Laura la excitaba el secreto y el ansia de transgresión: un chofer pasaba por ella, la llevaba a un hotelito de gran lujo en la carretera a Toluca, y luego la regresaba a la oficina; a tiempo para recoger su coche. Pero poco a poco el juego se transformó en un pequeño infierno privado. Laura se descubrió torpemente enamorada y, lo que fue peor, Juan también. Desde luego, ello no obstaba para que él continuase frecuentando a sus otras mujeres: su enamoramiento, que a pesar de todo juzgo real, tampoco daba para más.

X

Déjenme decirles, amigas y amigos, que ésta es justo la clave que diferencia al verdadero amor del falso: el primero es siempre exclusivo. El amor auténtico, lo digo ahora, a riesgo de sonar anticuado, pero me encargaré de *probarlo* en estas charlas, se da únicamente entre dos personas; su composición es bilateral y no admite ninguna otra forma geométrica, a pesar de nuestra permanente tentación por los triángulos. Óiganlo bien: el amor verdadero sólo ocurre cuando dos almas gemelas se unen, nunca más.

El *affaire* entre Laura y Juan era algo muy distinto: a su manera, cada uno se dejaba llevar por una emoción incontrolable y ajena, por la atracción o el sexo o las fantasías, en cualquier caso por un terror y una convicción íntimas y extrañas a la libertad dual del amor. No sólo carecían de almas gemelas, hubiese sido difícil hallar seres más distintos, sino, en el fondo, de toda posibilidad de entendimiento. Parecían estar juntos por la fuerza. Para colmo, el enamoramiento de Laura se convirtió en una especie de baldón o escudo para ella, detrás del cual se refugiaba sin remedio. Su carácter empezó a sufrir cambios notables: como ahora se sabía capaz de hacer cualquier cosa por Juan (es decir, con tal de apropiárselo), él debía corresponder necesariamente a ese amor (es decir, dejar a todas las demás); pero si Juan se negaba a hacerlo (como sucedía), no era porque no la quisiese (posibilidad descartada *a priori*), sino por causas ajenas a él. Aunque esta sucesión de explicaciones hacía sufrir a Laura, según ella tal sufrimiento la redimía. Ahora no se sentía culpable por su relación con un hombre casado y con otras dos amantes: su amor, a sus ojos el único verdadero, le devolvía la pureza y tornaba su causa justa.

XI

La vida de Laura se desdobló: por un lado era la joven *de familia*, estudiante irreprochable, eficaz trabajadora; opuesto a ello, a escondidas, era también palabras impronunciables en su otro estado la amante (la tercera amante) de un viejo político.

Obsesionada, estaba segura de que él *era* su felicidad, su única felicidad posible; no reconocía mejores momentos que los fugaces instantes al lado de Juan.

Pero, como he dicho, Laura no era tonta. Pasados unos meses de reclamaciones y disculpas, se dio cuenta del abismo que la separaba de la superficie, de lo difícil que sería escalar la ladera que la llevase otra vez a su propia vida. Trató de dejar a Juan una decena de veces, pero a fin de cuentas los ruegos y las lágrimas siempre la disuadían: él contemplaba en ella una voluntad y una juventud que no hallaría en otra parte. Para escapar, y disimular con sus padres, Laura tuvo, incluso, un novio: un joven abogado, severo y arrogante, que jamás imaginó la vida oculta de esa niña a la que casi despreciaba. Terminaron abruptamente porque Laura lloraba cada vez que el abogado se atrevía a tocarla: él la creía demasiado anticuada, incluso frígida, cuando en realidad ella no podía dejar de deplorar la supuesta traición que cometía contra Juan.

XII

La peor crisis de Laura ocurrió cuando se cumplieron justamente dos años de su relación. Juan ni siquiera recordó el aniversario, llevaba demasiadas cuentas, y no la llamó en todo el día. Enloquecida, celosa, Laura se presentó de improviso, a las ocho de la noche, en su oficina. Retó a la recepcionista y abrió violentamente la puerta del privado de Juan. Ahí estaba él, con el rostro detenido, detrás de su escritorio; mientras tanto, en una silla, una obtusa secretaria hacía lo posible por abotonarse la blusa con rapidez. La situación parece más propia de una mala comedia, así que limitaré su patetismo al máximo: fuera de sí, Laura corrió al balcón de la oficina y amenazó con lanzarse al suelo. Le arrojó a Juan cuanto objeto tuvo a mano; le gritó e insultó, mientras los guardias de seguridad del edificio se congregaban en el patio. Por fin, ahogada por el llanto, terminó convulsionándose en el suelo antes de desmayarse. Juan la llevó con sus padres, era apenas la segunda vez que él entraba en esa casa, y la dejó en brazos de la madre, explicando torpemente cómo su hija se había desvanecido durante una reunión de trabajo.

XIII

Veo que estás a punto de llorar, Yazmín; yo también lo hice, cuando Laura me contó su historia tiempo después. El amor puede ser muy peligroso, si uno no lo sabe usar. Por eso estamos aquí juntos esta tarde, por eso les cuento esta historia. Yo conocí a Laura años después: para entonces, Juan estaba convertido en un alcohólico crónico. Laura continuaba visitándolo de vez en cuando, aunque ella me aseguró que sus encuentros nunca volvieron a ser eróticos. Él la buscaba con desesperación, en medio de sus delirios, y ella se limitaba a consolarlo. Por lo demás, Laura seguía sola; siempre sola. Su amor, su patético primer amor, la había secado por dentro como a un cuero añoso.

XIV

Antes de continuar, es necesario que les hable un poco de mí y de esta empresa, el proyecto de mi vida, mi vocación más entrañable: Las Afinidades Electivas. Este recinto, en el cual están ustedes sentados, es la culminación de un esfuerzo emprendido hace casi diez años. Este auditorio y esta casa representan una década de trabajos, de insuficiencias técnicas, de ingenio y paciencia de mis colaboradores. Sin temor a aburrirlos, les hablaré un poco de mi vida anterior para que ustedes puedan comprender la magnitud del empeño.

Nací en Celaya, Guanajuato, hace menos años de lo que parece al verme. Estudié a lo largo de toda mi infancia y adolescencia con los maristas, y luego Administración de empresas en la Universidad Iberoamericana. Más tarde cursé un posgrado en el IPADE y, por fin, algo realmente de lo mío, el doctorado en Psicología en la Universidad Panamericana. Aunque mi padre era comerciante —de ahí la naturaleza de mis estudios profesionales—, desde niño me preocuparon siempre otros asuntos: fui hijo único y mi obsesión permanente era hacer amigos y escapar de la soledad. Gracias a Dios, siempre he tenido suerte y considero mi mayor riqueza el número de buenos, excelentes amigos que poseo. Si no por otra cosa, puedo decir que mi camino ha sido exitoso por esta razón.

Al terminar la maestría en Alta dirección de empresa, me di cuenta de que algo me hacía falta: me sentía vacío, con un hueco espiritual que la Administración era incapaz de llenar. Siempre he sido religioso, así que Dios no era la causa del problema. Entonces, supe, de pronto, que mi auténtica misión en la vida era ayudar a los demás. Sólo me bastó echar una mirada a mi alrededor, al mundo frívolo y caduco que nos ha tocado vivir, para darme cuenta de lo que tenía que hacer. Comprobé mi facilidad innata para escuchar a quien tiene conflictos; sin falta, aun sin pretenderlo así, terminaba convirtiéndome en una especie de confidente y consejero de mis amigos y de los amigos de mis amigos. Los problemas que llegaban a mis oídos eran sin falta semejantes: líos amorosos, rompimientos, incomprensión, soledad. Una gran soledad. Y lo único que la acompaña: la pérdida irreductible de la confianza en uno mismo. ¿Por qué sucedía esto? Durante meses no pensé en otra cosa. Me dediqué a observar con mayor detenimiento a las personas que conocía, a platicar con quienes sufrían, a leer todos los libros que cayeron a mi alcance sobre el tema. Cualquier cosa que tuviese que ver con el amor y sus misterios pasó por mis manos: *El amor y Occidente* de Denis de Rougemont, el *Libro de buen amor* del Arcipreste de Hita, *El arte de amar* de Ovidio, y luego también el de Fromm; *Las amistades peligrosas* de Laclos, las obras del marqués de Sade y, muy especialmente, los *Fragmentos de un discurso amoroso* de Roland Barthes, las *Historias de amor* de Julia Kristeva y *La llama doble* de Octavio Paz. Pero no sólo eso, también leí decenas de cuentos, poemas y novelas, de D. H. Lawrence a Barbara Cartland, de Sabines a Corín Tellado, de Kavafis a Benedetti y cientos, de veras cientos, de novelas rosas, por no ahondar en títulos de psicología y pedagogía. ¿Cuál fue el resultado? La certeza íntima de que, en nuestro mundo moderno, ya no sabemos amar.

XV

Infinidad de veces había oído, con desprecio, relatos de personas dedicadas a ser "doctores corazón" profesionales. Ya fuera por carta o por teléfono, e incluso a través de la televisión, estos sujetos se encargaban de concertar citas para *seres solitarios*. Por ahí debía empezar: me dediqué a analizar sus métodos y operaciones, y quedé francamente decepcionado. Apenas un quince por ciento de las parejas que ellos fraguaban duraban más allá de los dos años. Aquí también debía existir una gran falla o una estafa: no podía ser que quienes buscaban el amor siguiendo este método, es decir, gente dispuesta a tolerar más a los otros que el resto, terminasen tan abruptamente su relación en común. Por el contrario, yo disponía de elementos para modificar este malogrado escenario, yo tenía las armas y los conocimientos necesarios para aliviar la plaga del desamor. Así, me asocié con un amigo —en paz descanse, murió el año pasado—, compramos nuestras primeras computadoras, alquilamos un localito en Copilco, cerca de la UNAM, y fundamos, entusiasmados, esta empresa que desde entonces decidimos bautizar con el nombre de Las Afinidades Electivas. En ella trataríamos de dar un cariz científico a la búsqueda del amor y proporcionaríamos las claves para que nuestros suscriptores hallasen a sus respectivas almas gemelas con mayores posibilidades de éxito. Lanzamos una sólida campaña promocional y a las pocas semanas contábamos ya con decenas de solicitudes. Pero nosotros no íbamos a conformarnos: creamos una amplia base de datos a partir de entrevistas personales con cada uno de nuestros clientes. Estábamos convencidos de que, manejando adecuadamente un programa de prioridades, podríamos crear parejas estables y felices. No nos equivocamos: durante nuestros primeros años, el porcentaje de parejas que seguían unidas después del quinto año era de treinta y siete por ciento, y actualmente esa cifra se ha elevado al setenta y cuatro punto tres por ciento. Cuando nuestros primeros clientes se casaron, unos meses después de la inauguración de nuestros trabajos, pudimos estar seguros de que habíamos tomado la senda correcta.

Preguntas, Valentina, qué cosas inscribimos en nuestros archivos. La respuesta es simple: todo. *Todo.* De otra forma no seríamos capaces de ofrecer un servicio garantizado. Datos personales, de los padres y amigos, información completa sobre amores pasados, trabajos, aficiones, gustos, repulsiones. Desde luego, cada ficha se guarda bajo el más estricto secreto profesional; además, pedimos que los nombres de las personas involucradas con cada cliente sea cambiado, a fin de cuentas la veracidad de este dato no es relevante. ¿Que cómo podemos estar seguros de que nos dicen la verdad? Bueno, Manuel, confiamos en las personas que acuden a nosotros. Ésta no es una agencia de detectives, aquí no se investiga a nadie: estamos para ayudar y nuestra ética profesional es incuestionable. No hemos tenido una sola queja desde que se inició esta aventura.

XVI

Con los mejores augurios, Las Afinidades Electivas fue inaugurada un 14 de febrero hace diez años. Al cumplir nuestro primer aniversario, contábamos ya con un padrón de más de setecientos clientes, por lo cual nos fue posible realizar la primera expansión de la empresa: además del equipo de cómputo, compramos un sofisticado sistema de video que nos ha permitido, desde entonces, conservar no sólo los datos de nuestros suscriptores, sino también sus imágenes. El gusto por la vista entra. El sistema es el siguiente: por una cómoda renta mensual, cada nuevo socio de Las Afinidades Electivas adquiere el derecho a consultar el padrón cuantas veces quiera, de asistir a los eventos, cócteles, funciones de teatro, conciertos que organizamos con nuestros suscriptores cada semana y gozar de atractivos descuentos en nuestros paquetes de bodas y lunas de miel. La computadora proporciona diversas opciones de posibles almas gemelas, de acuerdo con el parámetro de *afinidades* que encuentre entre dos personas, de modo que las posibilidades aumenten.

Como he venido diciendo, amigos y amigas, ésta es la base del éxito de nuestra empresa: aquí no se trata de hallar mujeres u hombres guapos o inteligentes, de cazar "buenos partidos"; nuestro interés no es lúdico ni comercial. Nada más alejado de la prostitución sofisticada de otras empresas o de los matrimonios arreglados. Lo único que nosotros buscamos es ayudar a la gente no para que descubra *un* amor, sino *el* amor de su vida. El éxito de nuestra tarea radica, como lo he venido repitiendo, en nuestro concepto de *alma gemela*.

XVII

Como alguno de ustedes recordará, existe una vieja idea platónica que dice que, en el principio de los tiempos, había seres perfectos y felices que poseían el sexo masculino y el femenino en un solo cuerpo. Un buen día, estos seres pecaron y un dios cruel los dividió en dos mitades, permanentemente condenadas a perseguirse sin éxito. Desde entonces padecemos la infelicidad, nos sentimos rotos, pedazos separados con un ansia irrefrenable de unificación. Aunque ésta sólo sea una metáfora, cada uno de nosotros, amigas y amigos, mitad imperfecta, posee en algún lugar un complemento, un alma gemela capaz de hacer que esa felicidad primigenia se restaure. Pero ¿cómo saber dónde se halla esa alma gemela? ¿Cómo encontrarla si quizás esté a miles de kilómetros, indiferente a su destino? Sé que, calladamente, todos ustedes se hacen ahora estas preguntas. Bien, pues Las Afinidades Electivas fue creada justamente para facilitar el descubrimiento de almas gemelas y hacer hasta lo imposible para unirlas. La misión es ardua, pero diez años de esfuerzos comprueban nuestra eficacia. Somos cazadores de almas gemelas.

XVIII

El primer equipo de trabajo de Las Afinidades Electivas se vio enriquecido, hace unos meses, con los conocimientos y la entereza de una mujer que habría de cambiarnos a todos los que trabajamos aquí: Sagrario, mi compañera, aquí presente, quien ahora es gerente de relaciones públicas. ¿Qué imagen podría dar una empresa como ésta, si su director y presidente, yo mismo, no tuviese un amor eterno, si no hubiese encontrado su propia alma gemela? La fortuna me la envió para llenar mi existencia e impulsar nuestro esfuerzo diario. No te sonrojes, Sag: quiero contarles a nuestros amigos cómo, gracias a ti, la astrología y el tarot se incorporaron a nuestros planes; cómo gracias a tu visión, *Pequeña*, creamos el sistema de lectura de cartas y planos astrales vía telefónica y, desde hace unos días, también por internet. Cómo, en fin, gracias a tu entusiasmo contamos ya con sucursales en Guadalajara, Puebla, Monterrey y próximamente, si Dios quiere, nuestra primera filial foránea en Los Ángeles. Con nuestro incipiente desarrollo, la posibilidad de que ustedes encuentren sus respectivas almas gemelas se acrecienta. ¿Quién les dice que no está aquí, a su alcance, su dicha de por vida? Por eso, para animarlos, para probarles que incluso en las historias menos comunes es posible encontrar el amor, continúo narrándoles el caso de Laura Espejo.

XIX

Laura no fue una cliente habitual. Es más: siempre recalcó su desconfianza frente a sistemas como el nuestro. El tiempo se encargaría de desengañarla; de mostrarle, altanero, que ella también era capaz de ser feliz, inmensamente feliz. Más de lo que cualquiera pudo haber imaginado.

XX

La conocí en circunstancias extrañas, por no decir incómodas. Al contrario de ustedes, ella no vino aquí a suscribirse. En esa época la empresa aún no era suficientemente rentable, así que yo debía combinarla con otros trabajos que me permitiesen sobrevivir y ahorrar. Además, tenía que pagar puntualmente la pensión para los hijos de mi primer matrimonio. Endeudado, no me quedaba otro remedio que atender a mi profesión original; era la época en que todavía estudiaba Administración, así que fungía como encargado de servicios al cliente en un gran almacén. ¿Qué hacía yo ahí, Valentina? ¡Vaya pregunta! Solucionar desavenencias, desfacer entuertos, complacer a quienes devolvían productos defectuosos, hacer pagaderos vales de descuento y entregar regalos promocionales, entre otros asuntos igualmente importantes… En fin, por la misma época, como ya les he contado, Laura había pasado a una segunda etapa, digamos más pacífica, en su relación con Juan. Ahora el desequilibrio recaía en él, que iba de una a otra de sus mujeres con la misma velocidad con la cual devoraba botellas de alcohol para olvidarlas. Al principio, se dedicó a chantajear sentimentalmente a Laura con bastante éxito: le decía que, ahora que estaba viejo y enfermo y sin trabajo —el nuevo secretario del ramo lo había despedido sin contemplaciones—, ya no merecía siquiera su amistad. Ella lo consentía como a un niño, pero el tiempo y la fatiga lograron lo que su voluntad no había podido: poco a poco empezó a cansarse de él, a aburrirse de sus quejas, a perderle el respeto y, sobre todo, a darse cuenta de que no era amor lo que la mantenía unida a él. En cierta medida, Laura disfrutaba su nueva posición: con la misma fuerza con que antes lo deseaba, ahora se entretenía en maltratarlo: lo veía sólo a ratos y le explicaba sin compasión por qué ya no le importaba.

Obviamente, un cambio así tenía que afectarla más de lo que ella hubiese estado dispuesta a reconocer; sometida a una tensión que la sobrepasaba, las alteraciones de su conducta no podían hacerse esperar. Todo se inició con destellos sin importancia, tics momentáneos, un humor cambiante y a veces un tanto violento, jaquecas e incluso un desmayo. Pero el más curioso de estos síntomas fue el que me llevó a conocerla.

XXI

Un día de verano, caluroso y húmedo, un par de guardias del almacén condujeron a Laura a mi privado: la habían descubierto sustrayendo, sin pagar, un objeto del departamento de regalos. No se trataba de un malentendido, me explicaron los detectives vestidos con trajes color morado; ya antes había hecho lo mismo y ellos habían preferido evitar el escándalo, pero no podían seguir haciéndose de la vista gorda sin riesgo de perder sus empleos.

—Gracias, yo me encargo —les dije, y les pedí que nos dejaran a solas.

Laura permanecía serena.

—Soy abogada —me dijo con voz recia—, ¿cree usted que soy capaz de robar algo?

—¿Qué fue lo que *tomó*? —le pregunté sin más.

—Esto. Si quiere puedo pagarle diez para poder irme.

Y dejó sobre mi escritorio un pequeño espejo recamado en plata (de ahí el nombre que he decidido darle).

—No es tan fácil, *señora* —sonreí—. Antes tiene que realizar ciertos trámites, usted que es abogada comprenderá. No vamos a hacer esto más penoso, así que le daré las menores molestias posibles.

No fue necesario que me corrigiera: yo sabía que no era señora y pronto cambié la denominación. Cierta curiosidad me atraía hacia aquella joven.

—¿Y qué trámites son ésos? —me dijo, arisca.

—Que acepte tomar un café conmigo.

Lo pensó un segundo, sorprendida.

—La cárcel sería peor, ¿no? —repuso, y sonrió por un momento.

XXII

Nos hicimos amigos. Ella era atractiva y chispeante, a pesar de su carácter introvertido y de la tristeza acumulada durante meses. No obstante, debo decir que el éxito de nuestra amistad futura se debió fundamentalmente a mi tesón. Aunque la plática fluyó de modo ameno durante aquel encuentro inicial en la sección de *fast food* del centro comercial, fue difícil volver a reunirnos. Me dio su teléfono, lo que interpreté como una muestra de confianza, pero cada vez que la llamaba me explicaba, con razón, las innumerables ocupaciones que pospondrían indefinidamente nuestro reencuentro. Al fin, luego de una férrea insistencia de mi parte, aceptó verme; me dijo que entre una y tres de la tarde podríamos comer, y me citó en un restaurantito japonés cerca de tribunales. Ahí, entre palitos y sushi de langostino y queso filadelfia, le revelé mi verdadera vocación.

—Yo no creo en esas cosas —dijo ella, a la defensiva—. En el amor las cosas se dan o no se dan, y punto.

Su firme incredulidad me aguijoneó. La reté a que me acompañara a Las Afinidades Electivas para que comprobase ella misma sus primeros resultados.

—Hoy no tengo tiempo —respondió—. Otro día, quizá…

La conversación se desvió hacia las trivialidades habituales, pero yo sabía que había sembrado en ella la semilla de la curiosidad.

Mi insistencia telefónica se multiplicó; sus negativas, también. Por un segundo llegué a desanimarme y a dudar de mi poder de convencimiento; a lo mejor me había equivocado con Laura y en realidad ella no necesitaba mis consejos. Pero algo me decía lo contrario: cierta mirada, algunos guiños, su aire ausente me indicaban que, pese a su serenidad, cargaba un enorme peso sobre sus espaldas. No debía claudicar, y no lo hice.

Dejé pasar un par de meses antes de reemprender la ofensiva. Entonces, cuando volví a llamarla, una voz desconocida me dijo que Laura se había mudado y que no había dejado señas de dónde localizarla.

Colgué la bocina con un hueco en el estómago. ¿Te imaginas cómo me sentía, Yazmín? Estuve a punto de olvidarlo todo, de abandonar incluso Las Afinidades Electivas. Era una derrota terrible, mas no sucumbí; mi misión era mucho más grande que mis cuitas. Me sobrepuse, renuncié a mi trabajo y me consagré en cuerpo y alma a mi proyecto. Si Las Afinidades Electivas recibió ese impulso fundamental en su breve historia, fue gracias a Laura. Traté de olvidar mi fracaso decidido a combatir —como san Jorge con el dragón—, los fracasos ajenos.

XXIII

Dos años después, cuando Las Afinidades Electivas era ya una empresa más o menos boyante, instalados en nuestras nuevas oficinas de Polanco, Laura Espejo se presentó, de improviso, en mi despacho. Ni siquiera tocó la puerta.

—Te dije que algún día vendría a conocer tu emporio amoroso —exclamó a manera de saludo.

Me dio un beso en la mejilla y se sentó frente a mí; yo estaba sorprendido, feliz. A dos años de distancia, por fin había triunfado.

—Ven —le dije con aplomo, siguiendo su juego—, voy a darte una visita guiada, gratis.

La llevé de paseo por los dos pisos de la casita que entonces alquilábamos; le mostré la sala de computadoras, el área de telefonistas, la biblioteca sobre temas amorosos, la sala de juntas "La Llama Doble", la videoteca y la pequeña cafetería llamada "Los Amorosos".

—Te felicito, de veras —dijo.

Después fue ella quien me invitó a comer. Su rostro continuaba siendo plácido y sus ojos negros, duros y hermosos. Había una energía distinta en sus rasgos, aunque yo sabía que en el fondo era la misma joven tímida de siempre. La comida china nos alegró y restableció de inmediato la comunicación interrumpida. Reímos, conmovidos y animados; recuerdo pocos momentos tan intensos como aquél. Cuando el mesero nos trajo los *lichis* en almíbar y más té de jazmín, Laura se atrevió a exponerme el verdadero motivo de su visita.

—Quiero suscribirme a Las Afinidades Electivas —dijo ocultando una sonrisa.

—Claro —respondí nervioso—, es más, no tendrás que pagar nada… Serás una socia especial… Honoraria.

—No —replicó—. Es tu empresa y tienes que recibir algo a cambio de la ayuda que proporcionas. Pagaré como cualquiera.

Traté de refutarla, sin éxito.

—Estoy seguro de que al fin hallarás el amor que buscas —repliqué, entusiasmado.

—Con tu ayuda —tomó mi mano— estoy cierta de ello.

—¿Has sufrido, verdad? —me aventuré.

De pronto parecía tan indefensa, tan insegura, tan sola. Tan frágil. Pagué la cuenta y salimos a caminar por las calles atestadas de Polanco, hasta llegar a esos parquecitos que están en Campos Elíseos que tienen unas largas fuentes rectangulares, justamente llamadas "espejos". Ahí, bajo el cielo intruso de la tarde, me contó su historia. La triste historia de amor que yo les he contado. Comprendí su angustia y le dije que todos los recursos de Las Afinidades Electivas estaban a su disposición, así como mi amistad incondicional. Los dos lloramos un rato, luego reímos y nos despedimos con un fuerte abrazo, bajo el temprano resplandor de la tarde. Al día siguiente regresaría a la empresa lista para buscar, y encontrar, entre cientos de candidatos posibles, a su alma gemela.

XXIV

Llegó puntualmente a las cuatro de la tarde. Pasó a saludarme, me preguntó si podía disponer con libertad de las computadoras y la videoteca, y me dijo, entusiasmada como una niña con su juguete, que estaba ansiosa por empezar.

—¿Quieres que te ayude? —inquirí.

—No quiero molestarte. Tú tienes trabajo y no quiero interrumpirlo. Anda, no te preocupes por mí.

Era una niña; realmente una niña. La dejé ir, casi corriendo, hacia las máquinas. Las horas pasaron, una lenta oscuridad descendió sobre mi computadora y no había vuelto a saber de Laura. Miré el reloj: las ocho treinta, había que cerrar. Supuse que se habría marchado, incógnita, pero al disponerme a salir alcancé a ver, desde el vano de la escalera, un resplandor proveniente de la videoteca. Ahí estaba ella, concentrada en la pantalla fluorescente, que mostraba el rostro anodino de un hombre calvo que hablaba de su pasión por el foxtrot, la cocacola y el pastel de carne. En cuanto Laura oyó tales preferencias, adelantó la cinta con el control a distancia; en su lugar apareció un sujeto alto y espigado, parecido a una grulla. Dijo su nombre y sus datos personales y comenzó a hablar de su trabajo como saltador de garrocha profesional. La decepción y el cansancio se posaron bajo los ojos de Laura en forma de dos arcoíris pardos.

—Es hora de irnos —le dije desde la puerta—. No desesperes, mañana habrá más suerte.

—Tienes razón —me dijo, apagando los aparatos—, continuaré luego —me dio un beso de despedida y agregó—: Ah, gracias por todo lo que has hecho por mí. No sabes cuánto te quiero.

Bajó las escaleras y se marchó. Esa noche dormí con la conciencia tranquila. Soñé con ella, con su próxima felicidad.

XXV

Al día siguiente prosiguió su búsqueda; lo mismo al siguiente del siguiente, y de ahí en adelante. Seis semanas exactas duró su insólita rutina. Nunca permitió que la acompañara a su casa ni volvimos a comer juntos, pero puedo decir que se estableció entre nosotros una complicidad sólida e interminable, sin rupturas, a lo largo de ese tiempo. A pesar de que ahora ya no nos vemos —vive fuera del país—, siempre recibo amistad y agradecimiento en sus cartas. En fin, como les decía, al cabo de esas seis semanas Laura se presentó de improviso, otra vez, en mi despacho. Por su sonrisa y su inquietud supe que la pesquisa había llegado a su fin.

Al principio, su elección me pareció, además de prematura, harto improbable. La costumbre de tenerla ahí a diario, a unos pasos de distancia, me impedía creer que de repente sus visitas fuesen a terminarse. Sin aguardar mi opinión, Laura me llevó a la videoteca; intentaba contener su entusiasmo, pero yo bien lo adivinaba detrás de sus movimientos pausados y de la calmada atención de sus pupilas. Primero, nos sentamos frente a una de las computadoras; ella pulsó un botón y el mundo se derrumbó en una parca lista de datos —y una imagen condensada en miles de bits—: conforme el cursor iba desplazando los puntos en el monitor, una nueva vida se cernía sobre ambos. Luego, como si la informática no hubiese bastado para demostrar la firmeza de su convicción, pasamos a un televisor. Laura, callada, me tomó de la mano en cuanto se inició la función; permaneció así hasta que acabó. Sólo al final dijo, impávida: "Es él. Estoy segura".

—Bueno —opiné—, ahora sólo falta ponerte en contacto con él.

—Ya lo hice —musitó ella, con ternura—. Hace media hora le llamé por teléfono. Quedamos de encontrarnos mañana.

—Qué rapidez.

—No estás enojado, ¿verdad?

—Desde luego que no —exclamé con sinceridad—, no tendría por qué. Al contrario, estoy muy feliz por ti y por haber podido ayudarte. Sólo espero que todo salga bien. Acuérdate de que apenas es el inicio…

—Me cuidaré, lo prometo —replicó y me dio un rápido beso en los labios—. Gracias de nuevo. No sé cómo agradecértelo.

—Ya lo has hecho —concluí.

XXVII

Diré que su nombre era Jacobo, como mi suegro; Jacobo Espíritu.

Edad: cuarenta y cinco años.
Estado civil: viudo desde hacía diez años, sin hijos.
Profesión: cirujano plástico; consultorio privado.
Ingresos mensuales: sesenta mil pesos.
Aficiones principales: la ópera, los viajes, la comida italiana, Shakespeare, Amado Nervo, Neruda.

XXVIII

¿Por qué él? ¿Por qué *justamente* él? ¿Había tardado Laura seis semanas en encontrar a alguien *así*, idéntico a tantos? ¿Por qué estaba tan convencida? Estas preguntas me las hice una y mil veces en ese momento. No es que dudara de su elección, ni de la posibilidad de que ella y Jacobo fuesen auténticas almas gemelas; simplemente su velocidad y su firmeza me desconcertaron. En el video, Jacobo se mostraba como un hombre austero y reservado, con su cuidada barba roja, sin ninguno de los despliegues espectaculares que estoy acostumbrado a ver en tantos casos. Sentado en su consultorio, con un amplio estante lleno de libros detrás —como cuando el presidente dirige mensajes en cadena nacional— y una fría ventana al lado derecho, Jacobo hablaba de manera pausada de su pasión por los versos de González Martínez, de su temperamento romántico y de su frustración por no haber sido barítono; luego, como si realizara una confesión terrible, se refería brevemente a su pasado; a la temprana muerte de su joven esposa, a la soledad; a cómo, para ocultar la pena, se consagró durante años exclusivamente a su trabajo. Era alto y robusto. Hice un esfuerzo por recordarlo: sí, yo mismo lo había atendido hacía unos meses, más de seis, quizás; a pesar de ser un *buen prospecto,* ninguno de sus anteriores intentos había prosperado. Acaso su mayor desventaja era cierta solemnidad y una dosis poco frecuente de buenas maneras. Quizá fuese un poco impostado. Recuerdo que habló de la ópera como de "un resumen de las contradicciones humanas"; de la poesía como del "último refugio del alma"; de Puccini como del "más grande de todos" y de Benedetti como un "vivaz falsificador de sentimientos".

En resumen, parecía un hombre maduro, próspero, educado y culto, chapado a la antigua; en pocas palabras, alguien que podría haber sido más el padre que el amante de Laura. No obstante, amigas y amigos, decidí no inmiscuirme en una trama que había dejado de pertenecerme. De cualquier manera, como un caso especial, dado mi aprecio por Laura, revisé con cuidado su expediente: en efecto, el doctor Espíritu era un especialista reconocido, había sido un buen esposo, incluso era un generoso filántropo e impulsor de las artes: jugosos donativos salían de su bolsillo para fundaciones de asistencia privada y el patronato de la Compañía Nacional de Ópera. Alguien, pues, perfectamente *normal.* Fuera de absurdas consideraciones irracionales, tenía que aceptar que a lo mejor había sido una decisión acertada. Sólo restaba esperar.

XXIX

No volví a saber de Laura —ni de Jacobo— en un nuevo lapso de seis semanas. Tiempo que volvió a convertirse para mí en un sumidero de angustia; o más bien, he de decírtelo, Adriana, de *impaciencia.* La duda me devoraba; también, lo acepto, cierta molestia con Laura que no se dignaba a llamarme para comentar su éxito o su fracaso. Interpreté el silencio como una señal negativa: de seguro a Laura le apenaba confesarme su desilusión. Pero, como siempre, en el momento crucial de mi desánimo, ella reapareció.

—Nos casaremos en un mes —me dijo.

—¿Cómo?

—Sin tu ayuda este sueño no se hubiese vuelto realidad. Te lo debo todo.

Me abrazó fuertemente, con lágrimas en los ojos.

—Gracias —me sonrojé—. Era tiempo de que encontraras a alguien que te trate como mereces, Laura. Ésa es mi mejor recompensa.

—Desde que lo vi supe que no me equivocaba. Es *él*. No tengo la menor duda.

—Te felicito, Laura; a los dos.

—Por eso quiero pedirte otro favor. Quiero que Las Afinidades Electivas se encargue de organizar la boda y la luna de miel. Ya lo platiqué con Jacobo y estuvo de acuerdo.

—Haremos nuestro mejor esfuerzo —respondí, emocionado.

—Lo sé —rio de nuevo—. Por eso quiero pedirte también algo especial.

—Dime.

—No puedo imaginarme en la iglesia con otro que no seas tú.

—¿Cómo?

—¿Aceptarías ser nuestro padrino?

—Claro, sí.

Callé un segundo, anonadado, conmovido. ¿Cómo negarme?

—Ahora mismo voy a darle la buena noticia a Jacobo. Se pondrá feliz.

XXX

Más comprometido que nunca, me dispuse a hacer que la ceremonia fuese perfecta: la boda religiosa en la íntima iglesia de Chimalistac; el banquete que sería servido utilizando el mismo menú de uno ofrecido a Maximiliano —contamos con un excelente servicio de consultores históricos y gastronómicos—; y, sobre todo, la luna de miel. Nuestro paquete completo incluía, además, un viaje expresamente diseñado por mí para Laura y Jacobo. Yo siempre he sido de la idea de que una luna de miel no es para conocer lugares ni para visitar museos o galerías; por el contrario, ha de ser un tiempo de reposo que permita a los esposos consagrarse, sin límites, acaso por única vez, a ellos mismos. De este modo, mi regalo fue un viaje de quince días a una pequeña *villa* en las afueras de Verona, la ciudad que Shakespeare concibió para Romeo y Julieta.

Como lo preví, todo salió espléndidamente. Un 21 de marzo, en justa coincidencia con la primavera, Laura Espejo y Jacobo Espíritu se unieron en santo matrimonio en una pequeña e intensa celebración, bajo un cielo luminoso e impecable. A las diez de la mañana del día siguiente, luego de una rápida tornaboda, volaban ya rumbo a Verona.

Según me contó Laura al regresar, esos quince días fueron espléndidos. Nunca se había sentido tan cómoda con alguien: la acumulación de adjetivos resulta casi innecesaria. Jacobo era amable, comprensivo, atento, fino, cariñoso, detallista, agudo, simpático, tierno, brillante y sincero. Por si no fuera suficiente, también era un buen amante. ¿Qué más podría desearse?

El momento culminante del viaje fue una sorpresa que yo había preparado para ambos. Una tarde, un par de pajes vestidos a la usanza del siglo xv pasó por ellos a la *villa* en un hermoso carruaje tirado por dos alazanes enjaezados. Sin decirles más, los llevaron a la pretendida casa de los Capuleto, construida cerca de la Piazza dei Signori; los separaron y les entregaron unas vestimentas históricas, recamadas con hilos de oro y pedrería. A Jacobo lo condujeron a la parte baja de la plaza; a Laura, a la improbable habitación de Julieta. Un quinteto de músicos comenzó a tocar madrigales y gigas. Arriba, completamente vestida de blanco, Laura salió al balcón para escuchar, de labios de su esposo, sutiles palabras de encendido amor.

¿Pueden imaginar la intensidad de la escena? ¿La fuerza de sus emociones, Adriana? ¿Los sentimientos a flor de piel, Maricarmen? ¿La alegría que sólo puede estallar en lágrimas, Yazmín? ¿La unión que imponían aquellos cantos, Valentina? ¿La suprema dicha que les aguardaba, Mildrett? Era, amigas y amigos, la encarnación del amor en la Tierra.

Muchas gracias.

Los amantes se separan

Porque amar es, al fin, una indolencia.
Xavier Villaurrutia

I

El amor existe, sí, pero es necesario aceptar que, a veces, el amor se acaba. O se interrumpe. O se marchita. ¿En cuántas ocasiones no les ha ocurrido imaginar que su amor se ha agotado, que ha muerto, que ha sido víctima de un innoble suicidio? Y entonces vienen las dudas obvias: si el amor se termina, ¿en realidad fue amor lo que ha terminado? ¿No sería acaso un engaño del sentido, una trampa vana, una ilusión, una demencia? Mientras uno instaura la pasión en su vida, cualquier debilidad le parece imposible. El final ni siquiera se vislumbra; se vuelve un mito incierto, una perversión que sólo les ocurre a los otros. Habitado por su seguridad, uno se cree a salvo. Paradójicamente, quien yace en la otra orilla —la del desencanto, la del hartazgo— posee una incredulidad idéntica: *¿cómo pude, cómo asumí, cómo no hice nada?* En tanto se vive, el amor se antoja inexistente: se mira tan natural como una enfermedad antigua, como una mutilación olvidada. Sólo cuando uno lo cuestiona le otorga vida real y, al mismo tiempo, inicia el camino de su destrucción.

¿Cuándo se inicia este derrumbamiento, esta tristeza, esta apatía? La respuesta sería la misma que si preguntásemos cuándo comienza el amor. No obstante, amigas y amigos, he de insistir: el amor existe.

II

Si en mi anterior charla Laura fue la figura central de mis disquisiciones, jugaré a equilibrar la historia y he de centrarme, ahora, en Jacobo.

Como ustedes han de suponer, Jacobo no sólo era el monolítico resumen de virtudes que Laura creía; nadie es reductible a tan común y ficticia acumulación de calificativos. Su padre había sido un escultor de cierto renombre, autor del monumento a la madre de Ciudad Juárez, entre otras obras, que había educado a Jacobo bajo una rígida disciplina tradicional en escuelas sólidamente católicas. La madre, por su parte, aunque se decía escéptica, poseía una religiosidad innata, acaso más fuerte que la de su marido, la cual trató de inculcar, sin lograrlo, en sus cuatro hijos.

Jacobo era el menor. Desde pequeño, estuvo siempre ligado a la madre, quien lo protegía con más celo que a cualquiera de sus hermanos. A escondidas, Jacobo se sentía más apegado al padre, a pesar de lo poco que lo veía, y siempre tuvo la intención incumplida de emularlo. A fin de cuentas nunca pudo hacerlo y siguió la indicación materna de estudiar medicina; según ella, el arte sólo acarrea desazones y pobreza. Cuando, cinco años más tarde, Jacobo optó por la cirugía plástica, hacía ya tiempo que tanto la robusta mujer como el severo escultor habían fallecido, pero aún así él mismo interpretó su decisión como una postrera venganza contra ella y un tardío reconocimiento a don Augusto Espíritu.

III

Su vocación frustrada siempre fue —ya lo he dicho— la de cantante de ópera. En cada reunión social, con unas copas de por medio, recordaba la primera vez que el padre lo llevó a

Bellas Artes —una *Tosca* incomparable en su memoria— y cómo, esa misma noche, a los trece años, asumió que iba a estudiar música. Al escuchar su idea, el escultor y la madre rieron estruendosamente y el asunto quedó olvidado. No obstante, esa misma semana don Augusto le regaló su primer estuche de discos —la grabación clásica de *Tosca*, con María Callas, Giuseppe di Stefano y Tito Gobbi— y la frustración profesional del adolescente se sublimó en una manía coleccionista: cuando lo conocí, las paredes de su consultorio estaban adornadas con estantes llenos de los diez mil elepés y discos compactos que llegó a reunir. Como si se hubiese infectado de una enfermedad incurable, la vida de Jacobo comenzó a verse envuelta por esta pasión musical: no sólo iba a conciertos y adquiría grabaciones, gastando miles y miles de pesos; también leía sobre compositores y cantantes, pescaba autógrafos de divas, memorizaba catálogos y buscaba, desesperado, las últimas novedades discográficas. Esta inocente conducta resumía algo de su temperamento; si hubiera que definirlo en unas cuantas palabras, habría que decir que siempre trataba de llegar al fondo de las cosas que le interesaban. No resistía la mediocridad; tampoco las historias incompletas. Detestaba, por encima de todo, la indiferencia. De memoria conocía la letra completa de más de treinta óperas, las cuales podía tararear en cualquier momento que uno se lo pidiera; a solas, las cantaba acompañando a su equipo estereofónico. Aunque poseía un repertorio vastísimo, de Wagner a Berg y de Monteverdi a Mussorgski, su gran favorito era, como ya apunté antes, Puccini. Conocía su vida y su obra a la perfección, y en cierto sentido se identificaba con los papeles patéticos y sentimentales de sus tenores.

Con la medicina le sucedía algo parecido. Era uno de los mejores en su campo en el país; su fama se debía no sólo a célebres casos, que incluían a numerosas estrellas del cine y la televisión, sino a decenas de ponencias pronunciadas en diversos congresos y sociedades académicas a lo largo del mundo.

Tenía clientes en Japón, Chile y Dinamarca que viajaban sólo para recibir sus atenciones.

IV

Entiendo tu pregunta, Maricarmen: si era tan bueno y tan famoso, ¿entonces por qué tuvo que recurrir a Las Afinidades Electivas? Qué bueno que has tocado este punto, para poder explicarlo a todos los presentes. En nuestro mundo, tan lleno de ruido e incomprensión, no son los tontos ni los feos, los incultos ni los tímidos, los fracasados ni los pobres quienes se encuentran solos. La soledad es una plaga mundial que no distingue sexo, edad ni posición social. No, amigos y amigas, nuestros clientes nunca pertenecen a estas categorías discriminatorias; nuestros clientes son hombres y mujeres exitosos; nuestros clientes son de los pocos que se aventuran a buscar, en contra de los prejuicios sociales, su propia felicidad; nuestros clientes son, en fin, gente como ustedes, deseosa de superarse. La única característica común a todos, y el único requisito de ingreso, es la tenaz decisión de curarse, de escapar a la soledad, de hacer hasta lo imposible por hallar el amor. Ésta es la razón de que entre nuestros afiliados se cuenten tanto personas incógnitas como distinguidas celebridades; y es el motivo, también, de que alguien como Jacobo Espíritu hubiese llegado hasta nosotros.

V

Si recuerdas, Adriana, dije antes que Jacobo era viudo desde hacía diez años. Concentrado con una pasión sin límites por la cirugía y la música, de joven ni siquiera se había preocupado por encontrar una mujer que lo acompañase. Simplemente no era uno de sus intereses, Miguel; el matrimonio no tenía cabida en su mundo de escalpelos y rayos láser, de sopranos y contraltos. De haber sido por él, se hubiese conservado como un solterón empedernido. Pero un día su suerte cambió, aunque no por una decisión propia.

Una enfermera llevaba casi tres años de amarlo en secreto; por fin, una tarde, desesperada, se atrevió a confesárselo. Pasó a su despacho y, a bocajarro, le dijo que estaba enamorada de él. Era una muchacha simple y bonita, con una absoluta claridad de sentimientos. Jacobo la escuchó sorprendido y atemorizado, pero no perdió el estilo. Le agradeció a la joven su sinceridad y luego le explicó, detalladamente, los motivos por los que no se consideraba un buen partido: en resumen, siempre estaba demasiado ocupado con otras cosas. La enfermera, a quien llamaré Clara, salió furiosa de la oficina: no soportaba semejante frialdad racional. Pero ese encuentro la decidió aún más que antes: habría de vencer las reservas del médico a cualquier costo.

La relación entre ambos se volvió difícil y equívoca; los dos se miraban con recelo, intercambiaban sonrisas incómodas y trataban de evitarse como niños de escuela. De nuevo fue una sutil coincidencia, o acaso un atinado plan de Clara, lo que cambió sus destinos.

Jacobo acostumbraba quedarse en el consultorio hasta tarde, mucho después de que sus colaboradores abandonaban el edificio. Esa noche decidió salir más temprano porque una tormenta se dejaba abatir sobre la ciudad; prefería llegar temprano a casa. Al salir, la descubrió ahí, mojada, con el cabello revuelto por el aire, sentada en uno de los escalones de la portería, esperando inútilmente un taxi. Clara lo miró de reojo y Jacobo se le acercó; él la llevaría a su casa. La conversación de esa noche fue decisiva; los dos estaban un poco húmedos y miraban el parabrisas del coche de Jacobo que, bajo la lluvia, parecía un enorme cubo de hielo. Por primera ocasión hablaron sin trabas, libremente. Después de eso, comenzaron a frecuentarse.

¿En qué momento Jacobo se decidió a pedirle matrimonio, Maricarmen? Creo que cuando se dio cuenta de que estaba a punto de enamorarse de ella. Clara accedió sin pensarlo. Los preparativos se sucedieron vertiginosamente y, como con todo, el joven médico quiso estar al tanto de cada avance: el vestido, la iglesia, las flores, el banquete, el anillo. Había hallado una nueva afición, un nuevo centro de interés al cual comenzó a consagrar su vida. Ambos estaban seguros de que habían encontrado la felicidad.

VI

El hombre propone y Dios dispone, Manuel. A veces el amor se escapa por causas ajenas, por una decisión que no nos compete. Sin previo aviso, sin que hubiese ningún síntoma previo, a los tres meses de casados un agudo dolor en el vientre llevó a Clara a la sala de operaciones. Aunque no era su especialidad, Jacobo estuvo presente en el quirófano. Ahí, a unos centímetros, pudo ver, apurado, cómo una indecisión o un descuido, una falta de resistencia o de destreza, provocó que Clara no volviese a despertar.

VII

La muerte en vida. Eso es la separación abrupta de los amantes, la conmoción causada por una pérdida no presentida ni querida. No necesito decir que Jacobo estaba desolado: por algo su duelo duró tantos años. Primero, se alejó del consultorio durante seis meses, dedicado a viajar y perseguir un olvido al que nunca llegaba; luego, un poco más resignado, volvió a su trabajo y se consagró a él con una intensidad rayana en la demencia.

La desaparición de Clara le mostró el tamaño de su amor por ella. Jamás se había atrevido a decírselo con vehemencia: estaba seguro de que ella había muerto, creyendo que él no la amaba tanto, que le tenía más compasión que afecto. El dolor se incrustó en su carne como una espada, como un bisturí. Se volvió aún más frío que antes, más sereno y reposado: la amargura lo hizo insensible a los encantos de cualquier otra mujer.

Así transcurrieron cinco, diez años. Un buen día volvió la vista atrás y se dio cuenta de que había llegado a los cuarenta y cinco y de que seguía solo. No había olvidado su amor por Clara, pero ahora apenas podía recordarla, hasta sus rasgos se habían borrado de su mente. Si bien es falso que el tiempo todo lo cura, amigas y amigos, no lo es que diluye cualquier pasión y cualquier recuerdo.

VIII

Casi fue una broma la que llevó a Jacobo a marcar el número de Las Afinidades Electivas. Un colega con padecimientos similares a los suyos —una esposa que lo dejó por otro— le dio el teléfono y lo impulsó a suscribirse. Un poco de juego, otro de aburrición y mucho de curiosidad lo convencieron de asentar sus datos en nuestros archivos y de filmar el video que más tarde convencería a Laura de que él era su alma gemela.

IX

Como narré en nuestra charla anterior, el acercamiento de Laura y Jacobo fue inmediato: ella le llamó y concertaron una cita para el día siguiente. Según me contó después, en cuanto la vio, Jacobo supo que si a alguien podía amar de nuevo era a esa mujer de ojos negros. Desde el primer momento lo impresionó su timidez, sus ademanes pausados y su voz tenue.

Empezaron a conversar como si se conociesen de toda la vida: a fin de cuentas, Laura contaba con los datos que yo le había proporcionado. Narraron sus respectivas y tristes historias, sus anhelos y esperanzas. La noche les cayó encima sin que se diesen cuenta: era una invitada especial, un testigo que presenció, desde las alturas, el silencioso compromiso que sellaron entonces.

X

La bohemia, de Puccini, el compositor favorito de Jacobo. Él la invitó para su segunda cita; ella nunca había ido a la ópera, pero la proposición le encantó. Sentados en la platea, se dispusieron a oír esa música que parecía expresamente diseñada para ellos.

De modo natural, en medio de las sombras y el canto, Jacobo se atrevió a apresar la mano de Laura justo cuando el tenor entonaba, en el escenario, *Ché gelida manina.* Así continuaron hasta el *Coraggio!* final. En la cena, al término del espectáculo, prosiguieron con su representación íntima: Jacobo se reveló como poeta y, a pesar de su éxito profesional y económico, insistió en repetir el "¿Cómo vivo? Vivo". Luego cedió la palabra a las aspiraciones de su (ya para entonces) amada inmortal: "Ahora que me conoces, habla tú. Dime, ¿quién eres?" El aria de Laura resultó más breve, pero igualmente intensa: no el *Sola mi fo il pranzo da me stessa,* pero sí el *Son tranquilla e lieta.* Por encima de todo, Laura siguió el juego y firmó su parte del pacto: "Me gustan las cosas que tienen esa dulce armonía, que hablan de amor y primaveras, que hablan de sueños y quimeras, esas cosas que se llaman poesía". El resto de la noche no hizo sino confirmar algo que Jacobo ya tenía por cierto: ella era el sueño que él siempre quiso soñar.

XI

Pasaron sólo unos cuantos días antes de que decidieran casarse; a ninguno le pareció un paso apresurado, al contrario, llevaban años de aplazarlo, sino la única continuación posible de su historia. El resto, amigas y amigos, ya lo conocen ustedes: la boda organizada por Las Afinidades Electivas, la luna de miel en Verona, la furtiva reencarnación de Romeo y Julieta.

De regreso a México, los augurios de su felicidad compartida no podían ser mejores. Se instalaron en la amplia casa de Jacobo en San Jerónimo, que Laura se encargó de remodelar y decorar con vivacidad y esmero. Una enorme luna presidía su sala Luis XV, el símbolo más claro de la transformación que sufrió la sobriedad del médico. Laura resultó ser, además, una espléndida cocinera: tres o cuatro veces al mes yo era invitado a degustar los exóticos y luminosos platillos que ella nos servía en variopintas cenas sociales, a las cuales asistían infinidad de chispeantes convidados, excelsos conversadores y artistas de renombre. En cada ocasión me tocaba contemplar, emocionado, la creciente fuerza que la unión de la pareja de anfitriones iba alcanzando; a los ojos de todos eran, sin duda, almas gemelas.

XII

¿Cuándo se iniciaron los problemas, Maricarmen? ¿En qué momento nacieron las primeras desavenencias y por qué razón? Así es, Miguel, Valentina, Yazmín, Mildrett: sin que nadie lo notara, sin que sus amigos de entonces hubiésemos podido adivinarlo, tras el esplendor de su vida social se incubaba el germen de una larga serie de conflictos.

¿Cuál fue, repito, el origen de esta secreta ruptura? Me atrevo a decir que todo empezó durante un viaje que realizaron juntos, a los nueve meses de casados, con motivo de uno de los recurrentes congresos de Jacobo, a la maravillosa ciudad de Sevilla.

XIII

Desde su arribo a España la situación comenzó a ser diferente a como la habían planeado. Luego de la luna de miel no habían vuelto a viajar juntos, así que habían depositado enormes esperanzas en este trayecto. Pero en primer lugar sufrieron un aterrizaje nervioso, un retraso mayúsculo y la pérdida de dos maletas, aquellas que contenían la ropa de Laura. Después se enteraron de lo peor: en realidad el congreso no se celebraría en Sevilla, sino en un centro de convenciones, a cuarenta kilómetros, en el cual, para colmo, estarían hospedados todo el tiempo.

Laura hubo de resignarse a una elección igualmente incómoda: aburrirse tirada al sol de una insípida alberca, como las esposas de los demás médicos, o viajar a la ciudad para comprar ropa y pasear sola, mientras su esposo se encerraba en un negro auditorio a observar transparencias de cortes y suturas. El primer día optó, resignada, por la piscina; los siguientes, por el caluroso viaje en carretera. Salía temprano, después del desayuno, y regresaba por la noche, para cenar con su marido y el resto de los académicos. Al principio, fue el propio Jacobo quien la instó al viaje ("¿A qué te quedas aquí aburriéndote? Yo puedo hacer ese trabajo por los dos"), a pesar de las reticencias de ella ("Sevilla es como un pueblo gringo sin ti"), pero más tarde las continuas salidas de Laura comenzaron a inquietar a Jacobo.

XIV

Tienes razón, Manuel: Jacobo no tenía por qué desconfiar de Laura; nada había hecho ella que pudiese predisponerlo. Pero, como dice el poeta, los celos son un demonio artero. ¿De quién fue, entonces, la culpa? No podría yo decidirlo, Adriana. Simplemente ocurrió como si un planeta maligno los distanciase de pronto.

El tercer día del congreso resultó particularmente árido. Durante una de las mesas redondas, Jacobo entabló una ácida discusión con un cirujano marroquí. Su ánimo oscilaba entre el hartazgo y la irritación. Lo único que esperaba era la llegada de Laura para contarle lo ocurrido, y olvidarlo. Sin embargo, al contrario de las veces anteriores, ella llegó con retraso de casi dos horas, cuando la cena había terminado; con una sonrisa se limitó a explicarle a Jacobo que había perdido el autobús; en compensación, le había comprado un par de camisas finísimas. A Jacobo no le quedó otro remedio que disimular la frustración: agradeció las prendas y descargó su ira en la estupidez de su colega. No obstante, le pidió a Laura que al día siguiente se quedase a acompañarlo; ella se disculpó, argumentando que tenía que ir a la ciudad a recoger unos pañuelos bordados que había encargado. Jacobo, nuevamente, no replicó. En la noche, cuando Laura volvió a llegar al término de la cena, apenas fue capaz de contenerse.

—¿Trajiste los pañuelos? —le dijo a modo de saludo.

—¿Pañuelos?

—¿No fuiste a Sevilla por pañuelos?

—Ah, los pañuelos —sonrió Laura—. Los olvidé.

—¿Cómo que los olvidaste? ¿Qué hiciste entonces?

—Pasear. Descubrí unos callejones maravillosos, llenos de tiendas.

—Pasear —repitió Jacobo.

—Sí.

XV

Jacobo prefirió evitar una pelea. Pero la desconfianza es una hidra que trepa velozmente. A la mañana siguiente, al despertar, el tema resurgió de las profundidades lacustres del sueño.

—¿Qué harás hoy? —preguntó Jacobo.

—Lo de siempre —respondió Laura—, aunque la verdad me aburro sin ti. ¿Por qué no te olvidas del congreso y me acompañas?

—Sabes que no puedo. ¿Y si mejor tú te quedas en la piscina?

—No —rio Laura, espantada—, puedo cansarme en Sevilla, pero no tanto como aquí con las mujeres de tus amigos.

XVI

Esa noche Laura batió su propio récord: llegó tres horas tarde, casi a las diez de la noche.

—¿Y eso? —inquirió Jacobo, al verla.

—Las compré, ¿no son preciosas? —repuso Laura.

Traía en las manos un enorme cesto con flores.

—Ayúdame, ¿no? —le pidió a Jacobo.

—¿Compraste flores para adornar un cuarto de hotel? —preguntó Jacobo, ya francamente molesto.

—*Nuestro* cuarto de hotel. Si vamos a estar aquí todavía cinco días, al menos podemos hacer que éste sea más acogedor.

—Pues tú apenas vas a verlas.

—No seas pesado, Jacobo.

—Tendrás que dejarlas en la terraza —repuso éste antes de encerrarse en el baño—. Soy alérgico a las gladiolas.

XVII

Esa noche durmieron sin abrazarse, sin sueños. Por la mañana, Jacobo sólo tenía en la cabeza dos nombres: Sevilla, Juan… ¿Por qué pensar justo en ése y no en mil sujetos más, en mil potenciales seductores y no precisamente en el antiguo amor de Laura? ¿Por qué no un español o un tunecino en vez de un improbable mexicano?

El autobús azul con franjas verdes partió, como cada mañana; en el interior, Laura hojeaba, distraída, una revista. Detrás de ella, en un coche alquilado por un número absurdo de pesetas, Jacobo escapaba, de incógnito, a sus obligaciones académicas. Cuarenta kilómetros de angustia, de esconderse en el sillón trasero, de maquinar mil fantasías de llegada.

En la ciudad, Laura se apeó lenta y silenciosamente de su transporte; se dio a caminar sin prisa, sin un destino fijo, deteniéndose en cada quiosco o en cada parque, absorta con la belleza andaluza. Consciente de su ridícula condición de espía, Jacobo marchaba a unos pasos, preocupado, más que por descubrirla *in fraganti*, por ser él quien resultase descubierto. El sol lo quemaba, hacía hervir a un Jacobo mal ataviado con saco y corbata: de haberse visto, él mismo habría reído de su imagen de detective mal pagado.

Laura nunca pareció darse cuenta de la sombra de su perseguidor. Recorrió la ciudad de cabo a rabo, deteniéndose en tiendas y bazares; compró un par de helados, comió unos pinchos de tortilla y bebió un par de cervezas. Fuera de eso, sólo se dejaba llevar por los jardines, perseguía las fuentes y se quedaba horas mirando el agua estancada. Prácticamente no hizo otra cosa que coleccionar surtidores y riachuelos; Jacobo, aburrido y apenado, decidió regresar al congreso para que ella lo encontrara allá, como si nada hubiese sucedido. Tomó un taxi que lo devolvió a la puerta del auditorio a las siete de la tarde; Laura llegó cerca de las nueve.

Tras una cena más o menos tranquila, con alivio y pena Jacobo se atrevió a confesarle a Laura lo que había hecho. Por primera vez ella no rio:

—¿Que has hecho qué? —gritó Laura.

—Fue una tontería, lo sé.

—Mucho más que eso, Jacobo —dijo Laura—. ¿No confías en mí?

—Me porté como un adolescente.

—No puedo creerlo.

—Discúlpame, por favor.

—¿Cómo pudiste dudar? —insistió Laura.

—Nunca volverá a ocurrir —juró Jacobo, antes de llevarla a la cama.

XVIII

De regreso a México, la tensión se normalizó con la rutina. Sólo que ahora, por vez primera, Jacobo empezó a preguntarse por las actividades diarias de su esposa. Él sólo la veía en el desayuno y en la cena, cuando llegaba del consultorio y ella le tenía alguna sorpresa preparada. De pronto se dio cuenta de que no sabía casi nada más: ella trabajaba en un despacho importante, pero ¿a qué hora entraba, dónde comía, con quién y a qué hora salía? Nunca se lo había preguntado. Si fuese como en otras oficinas, de seguro ella terminaba sus labores a las seis; él regresaba a su casa cerca de las diez de la noche. Entonces, ¿qué hacía ella a lo largo de esas cuatro horas? ¿Regresaría inmediatamente a casa o pasearía por Polanco como por Sevilla?

En dos ocasiones se le ocurrió marcar el teléfono de su casa a las ocho y a las nueve de la noche, sólo para oír el repiqueteo interminable y cínico de la ausencia de Laura. Sin embargo, tampoco se atrevía a decirle nada a ella, a fin de evitar una escena como la del congreso. Sé que parece una enfermedad, Manuel, pero Jacobo ya no podía vivir en paz. ¿Cómo quitarse de encima la duda, el remordimiento, el escarnio inventado? La sospecha no lleva a nada, se dijo. Antes de la duda debía indagar y, después de la indagación, tendría que haber una prueba: sólo así el amor y los celos podrían desaparecer juntos. Amaba a Laura más que a nada en el mundo. Pero amar no impide que, a veces, el amor se convierta en tormento.

XIX

Jacobo creía hacer lo correcto. Se justificaba invocando la fuerza de su amor, la vastedad de su sentimiento. Ni siquiera dudó en marcar el teléfono del auténtico detective. A fin de cuentas estaba luchando por lo que más le importaba. Además, no pagaría para que la siguiesen a ella —él mismo lo había intentado, sin éxito—, sino a Juan Molina.

El informe que le entregaron lo decepcionó. El alcoholismo de Juan se había transformado en una cirrosis crónica que lo mantenía al borde de la muerte. Su esposa y sus amantes lo cuidaban en tardes sucesivas. Laura, por el contrario, ni siquiera se había aparecido por allí. De algún modo hubiese preferido lo contrario: la confirmación de su sospecha; saber, al menos, contra quién se enfrentaba.

XX

Aunque nunca pretendió modificar su conducta hacia Laura, Jacobo se dio cuenta de que, si sus actos seguían siendo los mismos, ya no representaban la pasión de otro momento. Si antes encontrarse con Laura era su pensamiento de todo el día, ahora prefería olvidarlo, dejar que ocurriera como una catástrofe inevitable y presentida. Sufría sin tenerla cerca, pero también sufría a su lado.

XXI

¿Qué pasaba mientras tanto con Laura? Buena pregunta, Mildrett. Durante las últimas semanas yo prácticamente había dejado de frecuentarlos. No hubo una pelea, ni un distanciamiento, simplemente una incompatibilidad de tiempos que me impidió mantenerme al tanto de sus asuntos.

Las tensiones iniciadas en Sevilla parecían no existir para ella. Durante mucho tiempo no se fijó en los cambios que afectaban el temperamento de Jacobo, o de plano prefería no darles importancia, como si se tratase de una dolencia pasajera. En uno u otro caso, se mostraba tan cariñosa y atenta como siempre. A fin de cuentas, Jacobo mantenía sus dudas en silencio, y bien podría pensarse que ella no las distinguía en medio de su propia felicidad. Para ella, su matrimonio era perfecto y punto.

XXII

Cumplieron dos años de casados. Esa misma noche, Laura le habló a su esposo:

—Quiero un hijo, Jacobo.

Él, con todo y sus sospechas, se entusiasmó.

—Una hija —le respondió con dulzura—. Una hija que sea idéntica a ti. Otra Laura.

Laura no respondió, pero su vehemencia de aquella velada fue mayor que nunca; sus movimientos, el ritmo de su respiración, la suavidad de sus caricias, la intensidad de sus sensaciones clamaban por la consumación de sus deseos. Claro, una niña. Claro, otra Laura… La imagen de esa pequeña inexistente se dibujó detrás de sus párpados, en sus sueños, hasta que despertó a la mañana siguiente. Podía verla, sentirla. La niña anhelada comenzó a rodearla, como si la intensidad del deseo le otorgara existencia desde ese mismo instante. Cada noche de amor su figura se hacía más nítida, sus rasgos más precisos. Era una aparición capaz de unir a Laura y Jacobo más que antes, más que nunca. Hasta él pareció abandonar su inseguridad secreta, convencido por la pasión de su esposa.

No obstante, conforme pasaban las semanas, la angustia empezó a desplazar a la emoción. Si cada noche era aguardada como un momento mágico, como una ceremonia capaz de salvarlos, los desmentidos mensuales los desquiciaban. Las tres o cuatro semanas de cada nueva espera parecían alargarse como años, y los resultados recurrentemente negativos los condenaban a un frenesí que día a día se asemejaba más a una competencia o a un juicio. Avergonzados y resentidos, ambos se sometieron a exámenes clínicos encarados como una afrenta y un reto.

XXIII

—Te amo —fue lo único que alcanzó a decirle Jacobo al leer las conclusiones médicas del caso.

—Y yo a ti —respondió Laura.

—Podríamos adoptar… —musitó él.

—Eso jamás —dijo ella, clausurando tal posibilidad.

—Es que…

—No te sientas culpable —concluyó Laura—, nuestro amor nos basta. Abrázame, Jacobo.

XXIV

Paradójicamente, la ausencia de la pequeña Laura se volvió una presencia indispensable en la casa de Jacobo, mayor a la que hubiese podido tener de haber nacido. Llenaba los rincones y los patios; su risa y su llanto inexistentes invadían cada instante de calma. Y nada podía hacerse sino sobrellevar, callados, la derrota. Quién sabe qué resultaba peor, Yazmín, si el deseo de Laura de no culpar a Jacobo o la propia disposición de éste para que ella lo hiciera. Su amor los hería sin remedio.

XXV

Aun viviendo en la misma casa, Laura y Jacobo dejaron de verse. Sus encuentros eran como los de un huésped con la servidumbre de un hotel o de un parroquiano con el mesero de un restaurante: presencias conocidas pero distantes, pertenecientes a mundos incompatibles. Adolorido, Jacobo adquirió la certeza de que si antes sus sospechas eran infundadas, ya no podrían serlo. Ahora él mismo habría sido capaz de justificar los eventuales engaños de su esposa. Pensaba que Juan sí podría darle un hijo a Laura, y entonces ella lo dejaría para siempre. A veces la encontraba llorando sola, frente al espejo, y no podía quitarse de la cabeza de que él era el responsable de su infelicidad. Entonces, por primera vez en su vida, se irritaba hasta las lágrimas, y ambos lloraban por su cuenta sus respectivos llantos.

XXVI

Era una fría mañana de invierno. Un joven alto y rubio se presentó en la oficina de Laura y de inmediato explicó su problema: se había casado con una muchacha, completamente enamorado, pero justo el primer día de la luna de miel, en Cancún, la descubrió con su antiguo amante, a quien había quedado de ver en secreto. Con la voz entrecortada explicó que no tenía otra salida que el divorcio. Dijo llamarse Tirso.

XXVII

Laura había escuchado decenas de historias similares, así que no se interesó especialmente por el joven; de cualquier modo, le dijo que lo ayudaría y que, si todo era como él había narrado, y si la esposa también estaba dispuesta, el divorcio era cosa de días. Tirso le agradeció y se fue; quedaron en reunirse a la semana siguiente para iniciar los trámites. Así lo hicieron: completaron las firmas y, al final, Tirso la invitó a comer. Tras pensarlo un instante, ella aceptó. El joven dijo ser dentista y resultó ser un conversador vivaz y lleno de anécdotas ingeniosas; Laura rio con él como hacía mucho no lo lograba. A la comida le siguió una cena; a la cena, un bar; al bar, una ida al cine —ella seguía siendo pausada y Tirso era otro hombre paciente—, pero al cine le siguió de inmediato, la misma tarde, un cuarto de hotel.

XXVIII

Laura le dijo a Jacobo que asistiría a la despedida de soltera de una compañera del despacho y subió confiada, al lado de Tirso, a una sobria habitación del Sevilla Palace. Cenaron pausadamente, a la luz de las velas, una langosta *thérmidor* pedida por *room-service*, bebieron champaña y se prepararon para cerrar el impecable *affaire*. Previamente —para no cortar de tajo el fingido romanticismo—, Laura le había advertido claramente a Tirso las condiciones: unos días de pasión compartida, una despedida civilizada, discreción absoluta.

Laura salió del baño completamente desnuda, deslumbrante; le gustaba, a veces, sorprender a su amante, eliminar brutalmente los preámbulos. El joven la esperaba, todavía vestido, en la cama. A los pocos minutos estaban ya abrazándose y rodando, como gatos en celo, sobre la alfombra. Antes del momento definitivo, Laura susurró:

—¿No vas a cuidarte?

Tirso respondió apenas:

—¿No lo haces tú?

Y ella:

—Hoy, no.

—No te preocupes —insistió él.

La escena continuó: Tirso no parecía dispuesto a detenerse; Laura, irritada, lo arrojó con las piernas hacia atrás.

—¿Qué te pasa? —le dijo—. ¿Estás loco?

Molesto, Tirso arremetió.

—Ya te dije que no tienes de qué preocuparte.

Laura se irguió, sin comprender.

—Tú deseas una hija —musitó Tirso desde el suelo.

—Pero no tuya.

—¿No entiendes? —explicó él—. Será sólo tuya. Tuya y de Jacobo.

XXIX

Esa noche Laura tuvo su mayor prueba de actuación al lado de su esposo. No le dijo nada, no le reclamó, ni siquiera se mostró triste o enfurecida. Tampoco se atrevió a dejarle una nota o a insultarlo, como hizo con Tirso antes de salir corriendo del cuarto de hotel, en medio del escándalo. Nada. Simplemente se acostó a su lado luego de una insulsa charla, y cerró los ojos.

XXX

Al despertar, Jacobo ya no la encontró. Comenzó a llamarla, en vano. La buscó por todos los rincones de la casa: no estaban ni ella ni sus objetos personales. Nada de lo que le había pertenecido antes de casarse. Jacobo comprendió. En ese mismo instante supo, mientras llamaba frenéticamente a las amigas de

Laura, a sus compañeros de trabajo, a Locatel y a la policía, que nunca más iba a verla. Que con su torpeza, con su afrenta, la había perdido para siempre. Que ella no iba a perdonarlo jamás. Que el inmenso amor que sentía por su esposa lo consumiría hasta la muerte. Que no podría vivir sin ella.

Muchas gracias.

TERCERA LECCIÓN

Los amantes se reencuentran

Que ya sólo en amar es mi ejercicio.
San Juan de la Cruz

I

Aunque se esfumó su objeto, permaneció el amor. Así es, amigas y amigos: Laura desapareció como si se la hubiese tragado la tierra. Jacobo contrató detectives, localizó cuentas, interrogó a los familiares, sobornó a la policía: nadie sabía de ella, ni siquiera si estaba en el país o se había marchado a otra parte. Acaso en otro lugar las medidas para hallarla hubiesen resultado efectivas, pero aquí desvanecerse es tarea fácil: los políticos y los escritores lo saben a la perfección. Laura bien podría estar al otro lado del Atlántico o encerrada en un departamento en contraesquina de la casa de Jacobo: imposible seguir las pistas de una joven sola, hermosa y con dinero.

Jacobo se aferraba a su única esperanza: que ella recapacitase y le dirigiese, al menos, una carta. O que le llamase unos segundos por teléfono. Cada día revisaba el correo maniáticamente y hacía el menor número de telefonemas posible a fin de dejar la línea desocupada para Laura. Ninguna de las dos cosas ocurrió: ella se había marchado de su vida, y todo por una acción más dictada por la estupidez que por los celos. ¿Cómo se había atrevido a pagarle a Tirso?

II

Los años: había sido suya durante dos años. Dos años de la única pasión auténtica de su vida. Dos años en los cuales —lo reconocía— no había hecho otra cosa sino amarla hasta el delirio; hasta convencerse, empequeñecido, de que ella no podía amarlo a él con una intensidad semejante. Dos años de inventar que lo engañaba. Dos años, en fin, de precipitar la desgracia.

Dos años, sobre todo, que ya habían terminado. Nada le quedaba de ellos más que su azaroso recuerdo y ese dolor clavado en el pecho que le indicaba que aún estaba vivo.

III

Para Jacobo, las mañanas se volvieron secas y las tardes, húmedas. La luz de la madrugada lo convencía de que al fin recibiría una señal de Laura, pero conforme los rayos del sol se tornaban oblicuos, la imposibilidad de tal mensaje lo condenaba a un llanto solitario e irreprimible. Entonces se encerraba en su consultorio, tendía la cara sobre las manos y hacía como si las lágrimas fuesen capaces de amordazar su dolor. Nunca sucedía así. La oscuridad lo dejaba más cansado y menos lúcido, con el solo deseo de dormir y reiniciar, por la mañana, idéntico tormento.

Sumido en la desesperanza, ni siquiera podía cuestionarse o discurrir: las ideas se convertían en espejismos, señales inconexas, sombras. Además de triste e inútil, se volvía torpe, sin fuerzas para urdir un plan que lo salvase. Por primera vez se sintió viejo, al punto de la muerte. Ni la lejana ausencia de Clara lo había dejado así: entonces la pérdida no había sido culpa suya.

Por fortuna, nunca llevó a cabo las descabelladas soluciones que se le ocurrían a su mente empobrecida. Pensó comprar tiempo en la televisión para transmitir una cinta con su propia imagen que anunciase, en cadena nacional, el tamaño de su desventura. Luego quiso hacer lo mismo en enormes panorámicos que cubriesen las calles de la ciudad. En uno y otro caso, el gasto era excesivo; los resultados, improbables; y la vergüenza, pública. Más tarde, se le ocurrió fingir su propia muerte: un amigo haría el papel de albacea y leería públicamente el testamento que dejaría a Laura como única heredera. Ella no tendría más remedio que acudir a las exequias. Una lánguida película de igual tema lo devolvió a la realidad y al desencanto: el regreso de Laura no estaba a su alcance.

IV

El último reconocimiento de su derrota tomó el nombre de Fausto Rincón, el célebre psicoanalista. Cuando uno sabe que las soluciones son imposibles, queda el remedio extremo de paliar los males interiores, de acudir al implacable consuelo de la ciencia. Jacobo, amigo suyo desde la escuela de medicina, le pidió que lo ayudase, más que a curar su dolor, a reconstruir su carácter, a reintegrarle las fuerzas perdidas.

—No importa el costo —le dijo—, no importa lo que tenga que hacer.

Fausto Rincón estuvo de acuerdo en integrarlo a su apretada agenda de pacientes.

—La necesito a ella, a nadie más —se defendió Jacobo.

—Tienes que aprender que en el mundo nadie es indispensable —le respondió Fausto—. Será difícil, pero un buen día vas a despertarte y te darás cuenta de que otra mujer puede llenar tu vida tanto como la que has dejado.

Jacobo olvidó aquellas palabras de inmediato. A él lo que le importaba era adquirir nuevas energías para buscar a Laura, no insólitos medios para librarse de su recuerdo.

El tratamiento se prolongó, tres veces por semana, durante casi dos años: el mismo tiempo que Jacobo estuvo casado. Dos años de preguntas y respuestas, de reconstruir su vida con palabras. Jacobo sentía la terapia como una expiación, un justo castigo por su pecados. Aunque no hacía otra cosa que hablar, estaba sumido en un letargo que lo aniquilaba. Era como si, a cambio de cierta tranquilidad —el llanto, es cierto, comenzó a desaparecer con los antidepresivos— él le entregase su alma al psicoanálisis. Pero a fin de cuentas, al término de cada sesión, Jacobo volvía a repetirle a un Fausto Rincón cada vez más autoritario:

—Lo siento. No puedo vivir sin ella.

—Pero si lo has hecho durante todo este tiempo —trataba de justificar el médico.

—No es cierto, Fausto —respondía—, todo este tiempo he estado muerto.

V

Laura. Al cabo del tiempo, ¿qué le quedaba de ella? Tras dos años de duelo, apenas el dolor acumulado, la pasión diluida, un par de fotos borrosas —las únicas que ella consintió en sacarse—, miles de inútiles palabras en los oídos de Fausto Rincón. ¿Acaso Jacobo ya no hacía otra cosa que amar a un fantasma? Quizá, Valentina, pero a veces el amor a un fantasma puede ser más grande que el provocado por una presencia real y tangible. Los fantasmas resultan adorables, nunca molestan, nunca nos decepcionan. El psicoanalista podía llamarlo obsesión insana, casi paranoica, por una realidad imposible. Jacobo, al cabo de dos años, sólo podía seguir llamándole amor.

—No quiero verte más —le dijo un buen día al terapeuta.

—Es normal el rechazo después de cierto tiempo —se defendió el otro.

—Esto ya no tiene sentido, Fausto —repuso Jacobo—. Curarse es olvidar, y yo no quiero el olvido.

Discutieron todavía unos minutos. Luego, Rincón lo dejó irse. Tampoco podía obligarlo. A fin de cuentas, Jacobo ya le había entregado su alma; ahora no podría desesperarse hasta el suicidio. Estaba en paz.

VI

Se decidió a perseguirla de nuevo. Quizá fuese una locura, como quería el psicoanalista, pero Jacobo sabía que era lo único que podía salvarlo de la insania. Si el asesino siempre regresa al lugar del crimen, él no tenía más que el mapa de sus itinerarios anteriores. No le quedaba otro remedio que esperar una coincidencia, una sincronía presentida, un designio de la suerte capaz de devolverle a Laura.

Se decidió a entrevistarse con todos aquellos que alguna vez la conocieron, sus padres y maestros, sus jefes y compañeros de trabajo, aunque ya no con el propósito de que le develasen su paradero —mil veces había comprobado su ausencia de noticias o la fuerza del secreto—, sino para tenerla de nuevo en la mente, para salvarla de la amnesia intencional del psicoanálisis, para estar seguro de quién era ella y de qué papel había tenido en su vida. Sólo así sería capaz de imaginar sus pasos, como si se tratase de una hipotética partida de ajedrez jugada contra un adversario invisible. Se sumergió, pues, en su pasado: revisó sus anuarios de primaria y secundaria —la mostraban como una niña simpática y meliflua—, conversó de nueva cuenta con sus tías y primas, incluso solicitó una entrevista con Juan Molina.

Así empezó a escribir, en un viejo cuaderno de pastas duras, un diario que tituló *Herir tu fiera carne*. En él plasmaba, en secreto, todos sus recuerdos, sus entrevistas, sus descripciones de ella; ahí estaban pegados, asimismo, además del par de fotos borrosas, los recados, cartas, notas y boletos de avión que había recuperado de ella. Más que un álbum, esas páginas pasaron a convertirse en un sustituto, en su única compañía, en su memoria de Laura. La certeza de que ella había existido, de que él la había amado y aún la amaba, de que era posible recuperarla.

VII

Poco a poco dejó de asistir a su consultorio, concentrado íntegramente en la improbable búsqueda. Para Jacobo, la empresa era una especie de trayecto necesario, la intensa repetición de dos años de su vida; trataba de imaginar que alguien le hubiese concedido el privilegio de regresar en el tiempo, de restaurar los errores antiguos, de iniciar de nuevo su camino junto a Laura. No debía desperdiciar esta oportunidad: tenía que renunciar al presente para revivir el pasado, sin volver la vista atrás.

Me buscó y me narró su propósito; yo no tuve el valor de disuadirlo, amigas y amigos. ¿Qué caso tendría derribar sus esperanzas, Mildrett? Me pareció mejor que el desengaño le viniese naturalmente. Volvió a preguntarme lo que yo sabía de Laura; volví a responderle con la mejor disposición. Luego, me obligó a llevarlo al salón de video, donde ella lo vio a él por vez primera, y me pidió que le mostrase su propia imagen. Un poco a regañadientes traje el video del archivo y lo dejé un rato mirándose a sí mismo, aunque su rostro parecía indicar que no era capaz de reconocerse en el de entonces.

—Aquí empezó nuestra historia —dijo, conmovido, pero de inmediato recobró la compostura.

Era como si quisiese tomar el papel de Laura, más que el suyo; como si se esforzase en reintegrarla a su mundo imitándola, reencarnándola.

No hizo más preguntas y se marchó. A la mañana siguiente le esperaba la repetición de su primera cita con ella.

Acudió, puntual, al mismo café. Se esforzó por recordar los términos de la charla, y los anotó cuidadosamente en su cuaderno. Pidió los mismos postres y los mismos capuchinos de aquella tarde y aguardó la noche conversando consigo mismo. Trataba de reconstruir no sólo las ideas, sino incluso los sentimientos que ella debía haber tenido. Cuando creía haberlo logrado, también los anotaba, al igual que los gestos y detalles que le iban llegando a la mente: los ademanes y la ropa de Laura, sus sonrisas. Pagó la cuenta y condujo hasta la vieja casa de la joven —que ahora tenía otros propietarios— como si fuese posible volver a dejarla en la puerta y ella pudiese esquivarle, una vez más, el mismo beso.

IX

La repetición del siguiente encuentro resultó más problemática. Era la velada en que asistieron a la ópera. Pero ahora la temporada incluía un *Tristán e Isolda* cuya pasión de nada le servía. ¿Qué hizo entonces, Yazmín? Optó por una solución doble: asistió un momento a Bellas Artes, sólo para ambientarse, y luego se refugió en su casa para admirar una *Bohemia* que poseía en videoláser. Llorando, recordó el momento en que se atrevió a tomar la mano de Laura, justo en medio del aria de Rodolfo.

A partir de ese instante de éxtasis mnemotécnico, Jacobo continuó, más convencido que nunca, su recorrido. Parecía sonámbulo. Los días y las noches transcurrían como imágenes especulares de sus contrapartes anteriores; cada hora no era sino un reflejo de otras horas, de las verdaderas.

Así, Jacobo se dio a la tarea de recorrer los mismos barrios, pisar los mismos lugares, mirarse en las mismas fuentes, comer los mismos platillos, hablar de los mismos asuntos y albergar los mismos pensamientos que Laura cuatro años antes. Se presentó, el día de su ficticio aniversario, a otra boda en la iglesia de Chimalistac, imaginándola suya, y se hizo preparar un banquete idéntico al que saboreó aquella vez. He de confesar, Valentina, Manuel, que yo le ayudé en estos trances. Viajó solo en una nueva luna de miel y subió al balcón de Julieta, dispuesto a escuchar en su cabeza las dulces palabras de amor que él mismo se dirigía desde su imposible posición a los pies de la alcoba.

Regresó a México con mejor ánimo que nunca. Podrán ustedes denunciar su demencia, pero él no se cansaba de justificarse con el argumento de que, a fin de cuentas, volvía a vivir los mejores instantes de su vida. Únicamente el recuerdo le permitía seguir viviendo. La única felicidad real estaba en la memoria.

Sólo le temía a una cosa: al momento en el cual, inevitablemente, recomenzaran sus desavenencias con Laura. Ésa sería la porción más complicada de su proyecto. Pero aún así, creía que por una vez la experiencia lo salvaría de los errores del pasado. Lleno de una insólita confianza en la fuerza de su amor, Jacobo abordó, sonriente, el avión hacia Sevilla.

X

Tras instalarse en un pequeño hotel cerca del Alcázar, con equipaje apenas suficiente para unos días, Jacobo se dirigió de inmediato, en autobús, al infausto centro de convenciones, el cual albergaba ahora un nutrido grupo de agrónomos, así como un extravagante encuentro de jóvenes becarios mexicanos. El escenario era tan hostil como lo recordaba: una especie de prisión en medio de la llanura, una confortable cárcel temporal. De cualquier modo la recorrió con calma; no podía hospedarse allí, pero al menos intentaría que sus ásperos ladrillos le revelaran los secretos de Laura, que la piscina que ella tanto odió le mostrase la imagen cristalizada de su cuerpo. A diferencia de otros lugares, no ocurrió así; de pronto una barrera más densa parecía ocultar lo ocurrido más allá de aquellos muros.

Llegó a la habitación que Laura y él ocuparon y no resistió la tentación de mirarla por dentro. Una despistada camarera aceptó abrirle, mas no halló nada digno de mención, quizá porque ese sólo había sido el territorio de sus noches. Salió del cuarto y se dirigió al auditorio. A lo largo de la interminable lista de ponencias, recordó, no había hecho otra cosa que pensar en la supuesta traición de Laura. La misma angustia, contundente, inexplicable, se apoderó de él. No, no era en el centro de convenciones donde debía buscar el origen de sus disputas. Las razones de su dolor estaban fuera de ese recinto, en Sevilla o acaso, más probablemente, en su propio hogar. Salió de ahí con una intensa opresión en el pecho.

Tienes razón, Manuel, acaso por un segundo alcanzó a entrever lo absurda que había vuelto su existencia. Sin embargo, una vez en la ciudad y en su hotel, luego de un pausado baño, decidió proseguir su ingrata tarea: ahora le correspondía imaginar con sus propios pasos los leves pasos de Laura por la ciudad andaluza.

Comenzó a pasear sin rumbo, abotagado por el sol. Parecía uno más de los cientos de turistas que se perdían por las callejas sevillanas, otra figura esquiva y torva capaz de confundirse con el paisaje. Apenas se acordaba de aquel triste recorrido en que siguió a Laura como espía; su mente lo había borrado como tantas otras cosas. Pero no tenía prisa, sino diez largos días para caminar y mirar los mismos lugares que ella había mirado.

Asumió su rutina sin dificultades: salía del hotel a las nueve de la mañana, desayunaba un vaso de leche y pan, caminaba hasta las tres de la tarde, se sentaba en un McDonald's a comer una aburrida hamburguesa con papas —lo que menos lo demoraba—, y continuaba su marcha hasta el atardecer, sólo para regresar al hotel a las nueve de la noche, a tiempo para emborracharse con un movido programa de concursos por televisión al cual se había hecho adicto.

XI

Faltaban sólo dos días para que esta parte de su proyecto finalizase, sin haber logrado siquiera un avance. La mañana era más sórdida que otras: el sol parecía decidido a machacarlo con mayor ira que nunca. Del suelo surgía una especie de vaho caliente que lo ahogaba. Estaba harto, fatigado, enfurecido. Se imaginaba como un peregrino en el desierto que clamase, enfebrecido, su miseria. Eran las tres de la tarde, no había comido, sudaba copiosamente y el calor le impedía pensar con agilidad. Sin pensarlo más, bajó a la orilla del Guadalquivir y con sus aguas se humedeció las manos, el rostro, el cuello.

Cuando levantó los ojos, la vio. Era *ella*. Estaba de espaldas, recargada contra el barandal de un pequeño autobús turístico que recorría la otra ribera del río, pero estaba seguro de que era ella. Laura. Laura. Laura. Su intenso cabello negro, inconfundible; su postura entre el desgarbo y la sobriedad, el tono moreno de sus brazos al sol.

Jacobo corrió a lo largo del río, sin atreverse a gritarle, comprobando su realidad, hasta que le fue imposible seguirla entre matojos y piedras. Tomó un taxi y le pidió que lo llevase, lo más rápido posible, a la estación. Demasiado tarde: al llegar, el autobús estaba vacío y no había ninguna mujer con las señas de Laura por los alrededores. Pero a Jacobo esta primera derrota no le importó; al contrario, ahora estaba seguro de que ella existía y estaba cerca. Ahora tenía otra vez, amigas y amigos, un motivo para vivir.

XII

Preguntas atinadamente, Adriana, que cómo podía estar seguro de que era ella, de que la mujer de espaldas era Laura. Para Jacobo, no había otra respuesta que ésta: simplemente lo sabía. La había buscado desde hacía más de tres años, sólo pensaba en ella, ¿cómo no iba a reconocerla?

Consecuente con su plan, Jacobo estuvo seguro de otra cosa: Laura, en un momento u otro, visitaría la catedral. Un presentimiento le decía que ella no dejaría de ir a la iglesia antes de marcharse; la conocía lo suficiente para saberlo. Ahí tendría que llevarse a cabo el reencuentro, su postergada cita.

Con este fin, transformó radicalmente su itinerario: se mudó a un hotel en las cercanías de la catedral y de nueve de la mañana a siete de la noche no hacía otra cosa que merodear por los alrededores, confundido con las gárgolas y los santos. Esta vez su clarividencia tuvo resultados más rápidos, aunque también distintos, de lo previsto. Apenas comenzaba su segundo día de vigilia, antes del desayuno, cuando alcanzó a verla a lo lejos, desde la ventana del hotel. Pero, en lugar de entrar a la catedral, salía, en compañía de otras dos jóvenes más o menos de su edad, de una agencia de viajes. Jacobo bajó las escaleras despavorido, dispuesto a interceptarla. De nuevo, cuando llegó, se había marchado en compañía de sus amigas.

Las buscó unos momentos y luego pensó en una última posibilidad. Entró de inmediato a la agencia de viajes.

—Perdone —le dijo, agitado, a la dependienta—, las tres muchachas que acaban de salir de aquí… ¿Podría decirme hacia dónde se dirigen?

Su interlocutora era una mujer inmensa que pronunciaba un español cerrado. Se detuvo a mirar a Jacobo de arriba abajo, sin responderle.

—¿Usted es colombiano? —le dijo.

—Es urgente —respondió Jacobo.

—No puedo darle ninguna información, señor —musitó la vieja.

Jacobo sacó su cartera y dejó en la arrugada mano de la mujer un buen fajo de billetes. La anciana refunfuñó sin inmutarse.

—A Venecia, señor. Su avión sale hoy mismo rumbo a Venecia.

XIII

Mientras surcaba la laguna en *vaporetto,* Jacobo trataba de adivinar quiénes serían las jóvenes que acompañaban a Laura, qué hacía ella en Sevilla y a qué viajaba ahora a Venecia. En pocas palabras, intentaba imaginar, sin éxito, el transcurso de la vida de su mujer desde el día que lo abandonó. No dudaba de que iba a toparse con ella en algún canal, en una *trattoria,* cerca de San Marcos o en Murano: la luminosa ciudad sumergida los unía.

En cuanto llegó a Venecia trazó un itinerario de los sitios que recorrería, los lugares en los cuales pudiese encontrarse con Laura. Visitó cada uno de los lugares turísticos, en vano. No parecía que Laura viajase a Italia con fines recreativos. Trató de asistir luego a una función de ópera, pero al llegar al viejo edificio se dio cuenta de que hacía unos meses que La Fenice ya no existía: en su lugar sólo había escombros, una barda y grúas mecánicas que emprendían la reconstrucción. De algún modo, al contemplar aquella catástrofe, Jacobo se sintió aliviado: igual que ese fénix, él resurgiría de las cenizas de la desesperación para hallar a su amada.

XIV

Sin prisa, Jacobo se dio a la tarea de vagabundear, convencido de que una casualidad lo salvaría. Una tarde particularmente luminosa, entró a una pequeña iglesia para guarecerse del sol. San Giovanni in Bragora estaba oscura, como todas las iglesias italianas: se espera que uno pague por cada segundo de luz capaz de relampaguear sobre un altar o un retablo. Jacobo sintió que ingresaba en un túnel, sin poder distinguir ni las pinturas ni los muros que las sostenían; aún tenía clavado en los ojos el sol de mediodía.

Avanzó unos cuantos pasos ciegos hacia el ábside, acostumbrándose lentamente a la penumbra. Al fondo, encaramada en un pequeño andamio verdoso, alcanzó a distinguir una figura humana, una mujer que, semejante a un ángel, se afanaba en limpiar un ángel de estuco. Apenas la distinguía, pero no dudó. El milagro se había verificado.

—¡Ey! —le gritó desde el suelo—. Soy Jacobo.

Ella intentó volver la vista desde su andamio.

—*Come?* —respondió con acento perfecto.

—Baja para que podamos hablar.

La mujer comenzó a descender desde lo alto.

—¿Jacobo? —repitió, en español, antes de saltar al piso.

Estaban a unos pocos metros de distancia. Ambos hacían lo posible por reconocerse en la tiniebla. Sí. El mismo cabello negro; los mismos ojos negros también. Jacobo estuvo a punto de lanzarse a sus brazos.

—¿Quién eres? —dijo ella, sin acercarse.

—Jacobo Espíritu —repuso él, turbado—, tu esposo.

La joven se quedó callada un momento; esbozó una sonrisa tímida, inconfundible. Él hubiese pagado todo el dinero del mundo para que un reflector la iluminase un solo instante.

—Debe ser un error —dijo ella, riendo—. Nunca he estado casada.

Y entonces pronunció las letras de su nombre. Diré que se llamaba Beatriz Luna.

—A pesar del error, es un placer encontrar aquí a un compatriota —continuó la joven, más afable, y le estrechó la mano.

—No puede ser —decía Jacobo mientras salían de la iglesia, conmocionado—. Eres idéntica a Laura, no lo entiendo…

Una vez en el atrio la situación no mejoró; al contrario, seguía estando convencido de que aquella mujer era su esposa, a pesar de que algunos rasgos la traicionaran. ¿Cómo era posible que no pudiese estar seguro? Haciendo un esfuerzo, Jacobo trató de explicarse.

—Me dejó hace casi tres años —le contó a la joven que decía llamarse Beatriz Luna—. Desde entonces no he hecho otra cosa que buscarla. Al verte pensé que mi desesperación había terminado.

—Lo siento —repuso Beatriz, con timidez—. Quizás el deseo te hizo confundirte.

Ambos se cubrían el rostro con la sombra de sus manos para evitar los reflejos de la cantera. El cabello de la joven relucía bajo la luz primaveral como un sol negro. Quién sabe cuál de los dos se hallaría más sorprendido.

—¿Podrías hacerme un favor? —insistió Jacobo, nervioso, jugándose todas sus cartas—. En mi cuarto tengo las únicas fotos que me quedan de Laura. ¿Aceptarías verlas conmigo?

Beatriz rio. Parecía extrañada pero, al mismo tiempo, por algún motivo, muy interesada con todo aquel asunto.

—De acuerdo —respondió ella—. Nunca creí en esto de los dobles, así que es hora de comprobarlo. Sólo deja que recoja mis instrumentos y nos vamos.

XVI

Sé que tienen muchas preguntas que formular, Yazmín, pero ahora no puedo responderlas. Lo único que me atrevo a decir es que las fotografías no resultaron una prueba contundente en ningún sentido. Beatriz se mostró sorprendida al descubrirse en ellas mientras Jacobo se las enseñaba en el bar del hotel; sin embargo, no poseían la nitidez necesaria, el estado del papel y la posición de los modelos no bastaban para comprobar un parecido inatacable. La imagen podía ser de Beatriz, aunque también de muchas otras mujeres con sus rasgos, con el cabello y los ojos negros y la piel morena.

Desconcertados, lo único que los dos pudieron hacer fue continuar bebiendo tequilas caros, embotándose hasta alcanzar un estado de confusión justificable.

XVII

Cómo fue posible que esa misma noche terminasen compartiendo la habitación de Jacobo es algo que escapa a mi lógica y que será necesario atribuir a la desesperación del médico, a la fascinante personalidad de Beatriz y al alcohol. Nada explica un inicio semejante, una súbita pasión que jamás podría ser recíproca. ¿A quién tocaba, a quién besaba Jacobo? ¿A Laura, a Beatriz o a una sutil mezcla de ambas? ¿O seguía pensando, sin lugar a dudas, que aquella mujer era su esposa? ¿Dos años de vida en común no le bastaban para reconocerla ahora? ¿Era el sexo una especie de comprobación extrema para desengañarlo?

Jacobo no tenía excusas; antes de que finalmente accediese a hacer el amor, en medio de las caricias y los devaneos producidos por la bebida, Beatriz le narró su historia; una historia que, de ser cierta, resultaba imposible de conciliar con la de Laura.

XVIII

Beatriz era restauradora. Había estudiado en Bellas Artes y luego, gracias a una beca del gobierno italiano, se había trasladado a Roma y posteriormente a Venecia, donde ahora realizaba prácticas profesionales en San Giovanni. Aunque no mencionó su edad, Jacobo estaba seguro de que también era más o menos la de Laura. Pero Beatriz le dijo que nunca se había casado o siquiera comprometido con alguien: actualmente salía con un joven pintor checo, quien también vivía en Venecia, al que llamaré, no sin ironía, el Canaletto.

—Pero no estoy lo que se dice entusiasmada. A pesar de que al principio se pueda creer que la nacionalidad no importa —explicó Beatriz—, al final las diferencias resultan muy importantes. Simplemente no estamos educados igual.

—¿También pintas? —interrumpió Jacobo.

—Sí.

Al oírla, él no podía desterrar de su mente la seguridad de estar hablando con Laura, de tenerla a su merced. Apenas podía contenerse.

—¿Y de veras nunca has pensado en casarte? —insistió él, a punto de besarla.

—Nunca —respondió Beatriz—. Te va a sonar cursi, pero creo que no he hallado a mi alma gemela.

Luego, hicieron el amor.

XIX

Pero no se escandalicen, Mildrett, Yazmín, Adriana; aunque quizá ninguno de los dos sabía lo que hacía, qué papel desempeñaba en la vida del otro, a veces el amor se consuma por las sendas más intrincadas. Cuando Jacobo despertó por la mañana, Beatriz ya se había marchado. No, en este caso no se trataba de una nueva fuga, Manuel, no te impacientes; ella le dejó una nota sobre el televisor que decía *En San Giovanni a la una. Beatriz.*

Jacobo estaba anonadado; se metió de inmediato a la bañera, esperando que el agua liberase su lucidez. Era increíble: había pasado la noche con aquella mujer y no podía aseverar que fuese Laura o no. ¿Habría podido transformarse tanto en estos años, Miguel? ¿Habría asistido a una escuela de restauración a escondidas, Valentina? ¿Eso es lo que hacía antes de llegar a casa con Jacobo, Maricarmen? Imposible. Basta: si era capaz de dudar, ésa era prueba suficiente de que, desafiando el parecido, Beatriz era *otra*.

Jacobo se aventuró, sin pensamientos, entre las palomas de San Marco. Luego, a la hora indicada, pasó por Beatriz a San Giovanni; juntos esquivaron a los turistas, caminando hacia el poniente, hasta detenerse en una pequeña *trattoria*, al borde de un canal. Por fin el vino y el *spaghetti ai frutti di mare* lograron que Jacobo se relajase; bajó sus defensas y decidió disfrutar la tarde. Beatriz se mostraba chispeante y emocionada. Al final, ambos reían de sus respectivas ocurrencias, como si el desencanto y la confusión iniciales se hubiesen desvanecido.

De pronto, una sombra cubrió parte de la mesita cuadriculada; era de un hombre alto y delgado, semejante a una de las pértigas con que reman los gondoleros, de nariz aguileña y largos cabellos rubios. El Canaletto.

—Hora de irnos —le dijo a Beatriz a bocajarro.

—Disculpa —le dijo ella a Jacobo, un tanto asustada—. Tengo que irme. Luego te explico —y se levantó de la mesa.

—No entiendo —exclamó Jacobo, a punto de erguirse también.

—No te preocupes, tú termina tu *espresso* —sonrió ella forzadamente—. Nos vemos más tarde.

Jacobo no supo qué hacer. Cuando se levantó de la mesa, los otros ya estaban demasiado lejos, internándose en el laberinto de callejas y puentes de la ciudad. A la distancia, sólo alcanzó a ver cómo él aferraba violentamente el brazo de la joven, obligándola a caminar más rápido. Igual que ustedes, Jacobo no comprendía nada.

XX

—¿Puedes prestarme dos mil dólares? —le dijo ella con el rostro desencajado. Él nunca la había visto tan preocupada; es decir, ni a Laura.

—¡Dos mil dólares! ¿Me explicas qué sucede?

—No —respondió Beatriz, enfática—. Si quieres ayudarme, hazlo; si no, no hay problema y hasta luego.

Jacobo buscó las tarjetas de crédito en su cartera.

—Quiero ayudarte, de veras —le dijo—. Vamos a un banco y te daré el dinero, sólo dime qué pasa.

—Olvídalo —concluyó ella—. No quiero meterte en problemas.

—Espera —alcanzó a insistir él—, ¿cuando volveré a verte?

Beatriz no respondió. Simplemente tomó sus cosas y salió de la habitación de Jacobo sin más explicaciones.

XXI

Pasaron tres días de espera. Un poco por costumbre y otro porque se hallaba en una especie de letargo producido por los interminables reflejos del agua sobre los muros, Jacobo apenas tuvo ocasión de angustiarse. Ya todo había escapado a sus planes, así que únicamente se dejaba llevar por la suerte. Sólo por no dejar, acudió a diario a San Giovanni, en vano; ni siquiera tenía ánimo para desilusionarse. A fin de cuentas, aunque hubiese sido brevemente o en su imaginación, su meta se había cumplido. No tenía más que pedir.

Como suponía, una noche Beatriz tocó a la puerta de su habitación. Encendió la luz y la abrió sin chistar.

—¡Dios mío! —exclamó al verla—. ¿Qué te ha sucedido?

Beatriz entró y se sentó sobre la cama, visiblemente exhausta. Un vendaje le cubría medio rostro; tenía un ojo

208

amoratado, la nariz rota y varias costras apenas cicatrizadas alrededor de los labios.

—Fue él, ¿verdad? —gritó Jacobo, enloquecido—. ¡Él te golpeó, el pintor!

Beatriz se echó a llorar. En ese momento Jacobo supo que la amaba; que no podría dejar de amarla, sin importar quién fuese en realidad o a qué se dedicaba. Había reencontrado el amor y ahora lo tenía, de nuevo, frente a él. No iba a cometer los mismos errores; ahora no iba a abandonarla.

XXII

El Canaletto y Beatriz falsificaban obras de arte y las comercializaban a través de una *maffia* de traficantes. Al principio, hacía poco más de un año, todo había resultado muy fácil; ellos se limitaban a realizar las copias de los originales y entregarlas, a cambio de una generosa cantidad —imposible de obtener por simples restauradores—, a sus *dealers*. Sin embargo, unas semanas atrás, el Canaletto había convencido a Beatriz de que, si ellos mismos distribuían la mercancía gracias a los contactos acumulados en esos meses, aumentarían notablemente sus ganancias. Una decena de operaciones de este tipo bastaría para darles el dinero suficiente para salir de Venecia y establecerse, con tranquilidad, en otra parte. Él aseguraba que Praga sería el sitio ideal para montar su propio negocio.

Tras descubrir un par de intercambios realizados sin su autorización, los traficantes profesionales reclamaron. Sutilmente condenaron al pintor checo a pagar una multa de quince mil dólares a cambio de no romperle los dedos. Diez mil fue lo máximo que alcanzó a reunir para la fecha señalada; sus patronos decidieron hacerle un descuento: en vez de quebrarle los tendones —y condenarlo a la miseria—, decidieron eliminar cualquier rastro de belleza de su cara, y de la cara de su socia. Era una forma drástica pero saludable de mostrarles su única misión en la industria. Para su fortuna, el Canaletto pudo huir antes de que los cobradores lo requiriesen; Beatriz no tuvo esa suerte: a pesar de las advertencias, había preferido quedarse en Venecia.

XXIII

Los dos se amaban con la misma intensidad. Ambos estaban solos y desesperados, y se necesitaban más que nunca. Beatriz estaba destrozada, no sólo anímicamente, y Jacobo no deseaba otra cosa en el mundo que ayudarla y estar a su lado.

Después de algunas reticencias, Beatriz aceptó salir de Italia y volar rumbo al hogar de Jacobo.

XXIV

A pesar de la extrañeza inicial, y de sus dolencias, Beatriz se adaptó rápidamente a la casa de Jacobo, como si la conociese a la perfección, igual que a él mismo. Casi sin querer, sin complicaciones, comenzaron una especie de vida matrimonial presidida por la tolerancia, el respeto y el cariño. No hablaban mucho del pasado, como si el solo nombre de Laura fuese capaz de trastocarlos, de eliminar la precaria felicidad que, por fin, habían conseguido. Aunque el espectro de la anterior esposa de Jacobo reinaba en todos los rincones de la construcción — ella se había encargado de decorarla escrupulosamente—, poco a poco, sin sobresaltos, Beatriz empezó a imponer su propio estilo. Primero cambió el color de las cortinas, luego se atrevió a alterar la disposición de los muebles y por fin colocó cuadros de su gusto en los muros. Jacobo la dejaba hacer, absorto en sus propias ideas. Acaso con menos pasión, pero también con más tranquilidad, amigas y amigos, el amor florecía entre ellos de un modo callado, etéreo, apenas perceptible. Al cabo de un par de semanas no cabía duda de que habían hecho lo correcto, de que sus almas eran más compatibles de lo que jamás hubiesen pensado.

XXV

—¿Estás segura de que quieres hacerlo?

—Sí.

—¿Y de que sea yo quien lo haga?

—Sí, tú, nadie más. Por favor.

—De acuerdo —concluyó Jacobo antes de dar las indicaciones al anestesista—. Procedamos.

XXVI

—¿Qué fue lo que hizo Jacobo?

—Operarla, amigas y amigos; operarle el rostro. A fin de cuentas era uno de los mejores cirujanos plásticos del país. Le reconstruyó la nariz y la barbilla, remodeló sus labios, enderezó su ceja izquierda. Fue, según decía, el mejor trabajo de su vida: su obra maestra.

Sólo cuando ella estuvo completamente recuperada, un par de meses después, Jacobo se atrevió a presentármela en una velada oscura e inolvidable. Era *Laura*, amigas y amigos; era idéntica a Laura. Si antes no lo había sido —no puedo saberlo—, ahora no había un solo rasgo, una sola mueca que no fuese igual a la de mi vieja amiga.

XXVII

Como por arte de magia, Beatriz realmente se transformó en *ella*; tenía gustos y manías propios, una historia distinta, pero hasta comenzó a utilizar ropa negra, reencarnando los hábitos de su predecesora. Incluso dejó de molestarse con los continuos *lapsus* de Jacobo, quien insistía en confundir su nombre.

La parte de la casa que primero modificó fue el cuarto de huéspedes que Laura había acondicionado como próxima habitación de su hija inexistente. Sin pedir la opinión de Jacobo, Beatriz colocó ahí sus pinturas y pinceles, así como un enorme restirador al lado de la ventana. Un largo trozo de tela color lechuga impedía ver las formas que cada mañana ella iba acomodando sobre el lienzo. Cada mañana, Beatriz se encerraba ahí hasta la hora de la comida. Trabajaba en silencio y no mostraba a nadie sus avances. El arte era para ella una especie de vida alterna —no quiero decir un escape—, lo único que le permitía regresar a su antigua existencia.

XXVIII

Un día de enero, la curiosidad de Jacobo no tuvo límites; a pesar de la prohibición expresa de la artista, subió sigilosamente al estudio y, con una copia de la llave, entreabrió la puerta sin hacer ruido. Lo que sucedía adentro le pareció a la vez maravilloso y terrible, como si se tratase de un espejismo, de un encuentro imposible.

La tenue cortina blanca se desplegaba como un fantasma sobre la ventana abierta; junto a ella, el cuerpo de Beatriz se multiplicaba en otros dos: su imagen invertida en el espejo y, sobre el lienzo, las sombras y los destellos de colores transformados en una tercera variante de su figura: su autorretrato.

XXIX

¿Preguntas cómo fue su vida en común a lo largo de esos meses de reposo, Miguel? ¿Cómo los veían quienes los frecuentaban, Valentina? Sólo aquellos pocos que estábamos al tanto de sus tribulaciones adivinábamos sus sentimientos; los otros, vecinos y conocidos, pensaban que, tras una larga y penosa separación, Jacobo y Laura habían regresado. Los rumores hablaban de los celos enfermizos del esposo, de la huida de la mujer, de la profunda depresión del médico, de su intensa búsqueda, de un extraño accidente en Venecia, de la locura de ambos y de la reconciliación final.

¿Qué hacer en una situación semejante, Adriana? ¿Qué mejor salida que hablar del presente y del futuro, jamás del pasado, Maricarmen? ¿Qué podía hacerse, Yazmín, sino respetar, en silencio, su insólito amor?

XXX

A pesar de los problemas y desvíos, de la insensatez y del escándalo, el amor existe. Si es auténtico, es posible recuperarlo aun cuando se haya perdido. Sí, Adriana; sí, Maricarmen; sí, Valentina: el amor es invencible, permanece en nuestro interior, aletargado, nunca muerto; y si subsiste, puede resucitar. Es lo que nos mantiene vivos. Lo que nos salva.

Una vez que Beatriz estuvo completamente recuperada, y concluidos los trámites necesarios —simplificados por el abandono del hogar conyugal de Laura—, ella y Jacobo pudieron unirse en santo matrimonio. Una nulidad eclesiástica, arduamente conseguida por mí, permitió la celebración de una nueva boda religiosa. Por segunda ocasión correspondió a Las Afinidades Electivas organizar el evento; en este caso, sin embargo, sólo asistieron a la pequeña iglesia de Chimalistac un par de amigos de cada novio y los padrinos (yo volví a ser uno de ellos, ahora al lado de Sagrario, mi mujer). Se eludió el banquete y en su lugar se ofreció un discreto brindis al cual le siguió, eso sí, una nueva luna de miel. En esta ocasión pensé que una ciudad grande, llena de encantos y diversiones, resultaría más adecuada para la feliz pareja, así que escogí París.

Sin comitiva, sin nadie que disturbara su unión con melosas despedidas, Jacobo y Beatriz se encaminaron al aeropuerto, dispuestos a proseguir el ritual. Sólo Sagrario y yo los acompañamos. Sólo nosotros fuimos capaces de contemplar, entonces, uno de los besos más tiernos y apasionados que nos haya tocado admirar, justo antes de que abordasen el avión de Air France.

¿Pueden imaginar la intensidad de la escena? ¿La fuerza de sus emociones, Adriana? ¿Los sentimientos a flor de piel, Maricarmen? ¿La alegría que sólo puede estallar en lágrimas, Yazmín? ¿La unión que imponía aquel viaje, Valentina? ¿La suprema dicha que les aguardaba, Mildrett? Era otra vez, amigas y amigos, la encarnación del amor en la Tierra.

Muchas gracias.

EL TRIUNFO DEL AMOR

Porque para el amor omnipotente,
que todo lo transforma y transfigura,
no existe espacio que no esté presente.
Francisco Luis Bernárdez

I

No desesperen, amigas y amigos, por favor: el amor existe, sólo que a veces adquiere una fuerza tan grande que nos sobrepasa y entonces no somos capaces de comprenderlo, de descubrir su carencia de límites, de aceptar que excede cualquier previsión. El amor verdadero es vasto y sin tiempo; no conoce distancias ni personas; es un torrente que podemos echar a andar, mas no detener. Es un río, una corriente con voluntad propia, un torbellino. Y el amor es, antes que nada, un turbio espejo.

II

Así es, amigas y amigos, Adriana, Manuel, Maricarmen, Yazmín, Miguel, Mildrett, Valentina; el amor existe y triunfa gracias a nosotros, a los desafíos que nos planteamos. Es una gran lotería: algunos, pocos obtienen grandes premios mientras los demás se limitan a observar o a perder; pero, al igual que en el juego, en el amor tienen mayores probabilidades de ganar quienes más apuestan. La victoria pertenece a los arriesgados, a los valientes, a veces a los ilusos o a los soñadores: a quienes están dispuestos a dar la vida a cambio de esta suprema gloria.

III

Basta de preguntas y aclaraciones, amigas y amigos; déjenme continuar, por favor. Regresemos a París, donde la nueva pareja pasa su luna de miel.

En vez de la escena en el falso balcón de Verona, para este viaje me encargué de organizar que Beatriz y Jacobo visitasen la parte alta de Nôtre Dame, donde contemplarían los rincones que habitó Quasimodo. Luego, un guía los llevaría al sitio exacto en el cual supuestamente se halla la tosca inscripción en piedra que desató la imaginación de Victor Hugo, ahí donde debe esconderse la palabra *fatalité*.

IV

Luego de su noche inaugural, Jacobo despertó en su lujosa habitación de hotel, con vista a los Campos Elíseos, en medio de una fuerte sensación de angustia. Miró su reloj: eran más de las once de la mañana. Se restregó los ojos y se levantó; Beatriz no estaba, habría bajado a desayunar. Él se dio un baño y se dispuso a alcanzarla.

El agua caliente no mejoró su desazón. En el restaurante tomó un café en la barra; *el maître* le dijo que su mujer había salido a caminar, pero que regresaría para la comida. Jacobo sintió que se ahogaba: su malestar era más bien físico, algo le oprimía el pecho. Volvió a ver la hora: apenas eran las doce. Decidió dar un paseo por su cuenta, esperando aliviar la tensión. Cuando estuvo de nuevo frente a Nôtre Dame, el malestar se acrecentó: era como si de pronto hubiese descubierto un detalle importante que antes había pasado por alto, una clave en la cual no había reparado hasta ahora.

V

Regresó al hotel. Beatriz lo esperaba en un sillón del *lobby bar* fumando un cigarrillo.

—¿Qué hacías en Sevilla? —le dijo él a modo de saludo.

—¿Sevilla? —preguntó ella, atolondrada.

—Sí —respondió Jacobo—. Nunca te lo pregunté.

—No entiendo.

—Ahí te vi por primera vez, hace unos meses. Yo viajé a Sevilla en busca de Laura; había estado con ella en un congreso meses atrás. Y entonces te miré a ti, junto al Guadalquivir…

Beatriz sonrió.

—Imposible. Hace mucho que no voy a Sevilla.

Jacobo se puso lívido.

—¡Claro que sí, poco antes de conocernos! —exclamó—. Luego te vi salir de una agencia de viajes. Ahí me dijeron que volarías a Venecia…

—Lo siento —repuso Beatriz—. Te repito que el año pasado no salí de Italia.

VI

¿Era posible tal casualidad? ¡Habría visto entonces a Laura! ¡Había estado a unos pasos de Laura, de la verdadera Laura, y no se daba cuenta hasta ahora! A partir de esta revelación, los hechos se sucedieron vertiginosamente.

—Será mejor que nos quedemos aquí un tiempo —le dijo Jacobo a Beatriz, turbado—. Al menos hasta el invierno.

Cada día se le veía más nervioso, su temperamento se volvía más irritable. Sufría.

—No quiero que sigas saliendo sola —le ordenó en otra ocasión, al borde de las lágrimas.

—¿Qué te ocurre? —le preguntó ella, igualmente preocupada.

—Nada —contestó él—. Es mejor así, créeme.

VII

El hotel se transformó en una cárcel; sólo salían, juntos, para las comidas y las cenas. Un par de veces asistieron al teatro, pero Jacobo insistió en escapar de la función antes que nadie, antes incluso de que el telón se hubiese cerrado. Al principio, Beatriz trató de no discutir con él, pero pronto no logró contenerse.

—¿A qué le temes, Jacobo? —le inquirió un día, seria, mientras él se asomaba por las ventanas del cuarto hacia la calle.

—No entenderías —exclamó él, sobresaltado—. Sólo te pido que me hagas caso. Si me amas. No hagas más preguntas.

VIII

El miedo de Jacobo se convirtió en una especie de llamada, en un grito de auxilio tras intensos meses de olvido. Por primera vez cuestionó sus actos, amigas y amigas: no sabía a quién amaba en realidad, cuál era el espectro y cuál la figura. Inevitablemente, tenía que ocurrir lo que tanto se esforzaba en evitar.

Una oscura tarde de otoño, Jacobo estaba solo en su cuarto, esperando ansioso que Beatriz regresase del salón de belleza. Alguien tocó la puerta. Él ni siquiera necesitó poner el ojo en la mirilla para distinguir el cabello negro, y los ojos más negros aún de su mujer. De su *otra* mujer. De su mujer *doble*.

Abrió la puerta y se sentó en una pequeña silla junta al tocador. Ella pasó de largo y se sentó en la cama, frente a él.

IX

—Al fin, Jacobo —dijo Laura con una sonrisa entre labios—. No sabes cuánto tiempo me llevó encontrarte.

—Yo también te busqué —se defendió Jacobo.

—No lo suficiente. Me dijeron que te volviste a casar.

—Así es.

—¿Y quién es ella?

—¿No lo sabes? —preguntó Jacobo, incrédulo.

—Estuve muy alejada de todo —explicó Laura.

Jacobo sudaba. No podía adivinar si mentía o le decía la verdad.

—Se llama Beatriz.

—Me da gusto. Nuestro amigo de Las Afinidades Electivas me dijo que eras muy feliz con ella.

—¿Por qué no regresas mañana? —intentó Jacobo, inconsecuente con su torpeza—. Podríamos comer todos juntos.

—Gracias, pero no. Prefiero platicar un rato contigo, hace mucho que no conversamos.

X

Preguntas, Miguel, por qué razón se escondió Laura durante tanto tiempo. ¿Y cómo dio con la dirección de Jacobo en París?

La primera cuestión no estoy en condiciones de responderla. La segunda, sí. Tengo que confesar que yo le dije a Laura dónde hallar a Jacobo. Un buen día apareció en mi oficina, como había hecho en otras ocasiones, y me preguntó por él. No pude mentirle: le dije que estaba de luna de miel, en París. Uno no puede engañar a las amigas; menos a alguien como

Laura. Sólo omití decirle el nombre de la nueva esposa, aunque eso no pareció importarle. De nuevo, sin querer, me convertí en el eslabón entre los protagonistas de esta historia; en cierto sentido, yo fui el responsable de que aquella oscura tarde de otoño ella se decidiese a visitar a Jacobo luego de casi cuatro años de separación.

XI

Jacobo callaba. De pronto ahí estaba aquella mujer que era y no era la misma con la que ahora vivía: el mismo largo cabello negro, los mismos ojos negros, la piel morena. Ni siquiera se diferenciaban en la ropa —en cualquier caso también negra—: Laura traía un vestido corto, arriba de la rodilla, sin hombros, idéntico a uno de Beatriz.

—¿Por qué no bajamos al bar a tomar algo? —dijo ella con aplomo.

—De acuerdo —asintió Jacobo.

La verdad no le parecía buena idea, pero tampoco tenía una propuesta mejor para salir del embarazoso encierro de aquel cuarto. Bajaron los escalones pausadamente, ella adelante y él siguiéndola de cerca, como si fuese el guardaespaldas de un espejismo.

XII

El bar era denso y oscuro, inmejorable para evitar la suspicacia de los demás clientes. Sólo el mesero marroquí se mostró un poco turbado cuando posó la vista en la joven, como si fuese capaz de advertir la diferencia, pero no se atrevió a decir nada.

—*Un verre de vin rouge* —pidió Laura con una sonrisa.

Jacobo tardó unos segundos en responder.

—*Un martini sec pour moi, s'il vous plaît* —dijo al cabo de un momento.

Se hizo un silencio ominoso, inevitable. Él mismo se encargó de romperlo.

—¿A qué has venido? —preguntó.

—Ya te lo dije, a ver cómo te va —respondió Laura.

Jacobo movió la cabeza de un lado a otro.

—¿Dónde has estado? —suspiró—. Nadie volvió a tener noticias tuyas.

Ella no parecía cambiada; su voz y sus ademanes seguían siendo dulces, inocentes. Era la mirada desconfiada de Jacobo la que la hacía verse distinta, astuta.

—Eso ya no importa —contestó ella—. Por aquí y por allá. Tratando de olvidar.

—¿Me has perdonado? —musitó él.

—No lo sé, ha pasado mucho tiempo —repuso Laura—. Por eso quería ver cómo estás. Me consuela comprobar que eres feliz con otra mujer; es como si ambos nos hubiésemos arrepentido a tiempo, como si continuásemos juntos. Sólo a eso vine, a cerciorarme de que estabas bien, de que has alcanzado la misma felicidad que tuvimos al principio. A recordarme a mí misma hace unos años.

Jacobo se limitaba a observarla, tratando de no mirar su rostro. El mesero marroquí puso las copas sobre la mesa; comenzaron a beber y pronto tuvieron que pedir una nueva ronda.

—Creo que es tiempo de marcharme —dijo Laura después de un rato.

Ella estaba un poco mareada; Jacobo, completamente borracho. Le parecía que el alcohol era el culpable de que distinguiese figuras dobles.

—¿Dónde vas a estar? —le preguntó él—. ¿Dónde puedo encontrarte?

—Mientras estés con ella estarás conmigo —terminó Laura, o eso le pareció oír a Jacobo.

XIII

¿Opinas, Adriana, que Laura estaba tan loca como Jacobo? ¿No comprendes por qué se apareció de repente, después de tantos años, sólo para decirle eso?

XIV

A los pocos minutos regresó Beatriz. Encontró a Jacobo en el bar, solo, lloriqueando por la bebida. Él prefirió no contarle nada, callar la visita que había tenido, como si fuese capaz de ocultar el sol con un dedo. Sólo le dijo que había decidido permanecer más tiempo en París; sentía que, a pesar de todo, esa ciudad podía mantenerlo a salvo. Ella lo condujo cariñosamente hasta su cuarto, lo metió en la cama y lo consoló hasta verlo dormido.

XV

A pesar de su templanza, poco a poco Beatriz comenzó a hartarse de la vida que Jacobo le había impuesto. Decenas de veces le explicó que no soportaba vivir como una turista permanente, sin casa, sin muebles, sin nada que les perteneciese. Necesitaba su pintura y sus lienzos. Una vida más o menos normal. Ambos tenían un hogar en otra parte, debían regresar y construir un verdadero hogar. Sus palabras eran una última advertencia, que Jacobo se resistía a comprender.

—Yo sólo te necesito a ti —le respondía él—. Eres mi alma gemela, ¿recuerdas?

XVI

Como ustedes imaginan —y Jacobo debió haberlo previsto, pero estaba demasiado ensimismado para darse cuenta de nada—, los problemas se iniciaron muy pronto. Mientras él prefería quedarse en su habitación de hotel, mirando a través de la ventana, o engatusado frente a una telenovela de *cowboys* traducida al francés, o bebiendo interminables martinis en la terraza, Beatriz comenzó a escapar a la ciudad cada vez que podía. Necesitaba caminar por París, conocerla, consolarse con sus atardeceres rosados y sus monumentos, con sus oscuros cafés y, sobre todo, con el Louvre. Visitaba el museo casi a diario, imaginando que aquellas pinturas le pertenecían, que también eran parte de su historia.

Como era de esperarse, Jacobo no tardó en recelar. Ciertos temperamentos no consiguen domar su naturaleza, Mildrett, y sus vicios renacen periódicamente, como plagas. Varias veces le pidió a Beatriz que ya no saliera tanto tiempo sola, pero ante sus rotundas negativas no tenía más remedio que callar y enloquecer.

XVII

¿No entiendes, Yazmín, por qué ella lo toleraba? ¿Por qué aceptaba esas extrañas condiciones? ¿Por qué dejó todo, su profesión y su pintura, por alguien como él? ¿Por qué aceptó transformarse en otra sin protestar?

XVIII

Igual que antes con Laura, a Jacobo le pareció que no tenía otro remedio que seguir a Beatriz para comprobar la fuerza de su amor. Si antes creía que Juan Molina, el antiguo amante de

Laura, habría de aparecerse en las callejas sevillanas, ahora no podía quitarse de la cabeza la idea de que el Canaletto estaría deambulando en la Ciudad Luz al lado de su nueva esposa. Sé que es ilógico, Manuel, pero la naturaleza humana también lo es; aunque antes los hechos desmintieran sus sospechas, eso no impidió que en esta ocasión renacieran con mas brío.

XIX

Beatriz inició su recorrido como cada mañana; esta vez pensaba visitar el Musée d'Orsay y caminar por sus alrededores. Jacobo, experto en maniobras detectivescas, imitaba sus pasos, se escondía detrás de las columnas del metro y se parapetaba detrás de las esquinas y los rellanos de las escaleras. De nuevo, nada anormal había en aquellas caminatas solitarias, en ese deambular anónimo y algo triste. Pero Jacobo no cedía: si no hallaba pruebas de la traición, no era porque ésta no existiese, sino por la innegable astucia de las mujeres.

XX

¿Ya no toleras a Jacobo, Valentina? ¿Dices que no crees que amara a ninguna de las dos? ¿Que su egoísmo siempre fue mayor?

XXI

El Café des Deux Magots. Jacobo lo miraba a lo lejos, escondido detrás de un pequeño Renault que apenas le servía de cobijo; Beatriz, en cambio, se sentó en una mesita después de revisar cuidadosamente a la concurrencia. Miraba su reloj a cada minuto; por fin él estuvo seguro de que ella esperaba a alguien:

sus sospechas estaban a punto de confirmarse. Antes de que ocurriese ya tenía en la mente la imagen de lo que iba a pasar.

§

XXII

El Canaletto apareció entre las mesas, saludó a Beatriz y se sentó a su lado. No había dudas, era él: así lo recordaba Jacobo de la vez que los interrumpió en la *trattoria* veneciana: el mismo desgarbo y la misma altura insultante.

Comenzó a charlar acaloradamente con Beatriz. No parecía una plática de amigos; por el contrario, el Canaletto manoteaba, como si tratase de explicar algo, de justificarse o disculparse. Ella apenas se lo permitía; su sonrisa se había borrado dejando espacio para una mueca de disgusto y coraje. Jacobo nunca la había visto así; nunca a la dulce Beatriz.

De pronto ella se levantó; el Canaletto quiso retenerla del brazo, pero ella se zafó violentamente. Dejó unas monedas sobre la mesa, le dijo algo a él, y se marchó sin volver la vista.

Jacobo estaba furioso: quizás el encuentro había resultado distinto de lo que suponía, pero el solo hecho de que Beatriz se citase a escondidas con ese hombre bastó para enloquecerlo.

XXIII

¿Dices, Maricarmen, que si ella se atrevió a ver a su antiguo amante fue por culpa de Jacobo? ¿Por sus celos, por sus sospechas? ¿Que en cierto sentido él la instigó?

XXIV

Jacobo intuía que, a pesar de la rudeza de la escena, no sería la última vez que su esposa vería a ese hombre. Por eso prefirió guardar su ira, por eso decidió aguardar la siguiente ocasión. Para su desgracia, no hubo tal.

Tras la cita con el Canaletto, la relación de la pareja se enfrió a niveles inimaginables. Ninguno de los dos se atrevía a decirse nada, ninguno parecía dispuesto a demostrar el amor que sentía por el otro. A pesar de la pasión, algo se había roto entre ambos; algo los había separado sin que apenas se diesen cuenta.

XXV

—Me voy, Jacobo —le dijo ella un buen día.

Jacobo estalló.

—Con ese imbécil, ¿verdad?

Beatriz pareció sorprenderse; luego sólo se irritó también.

—¿De qué hablas? —respondió.

—Te vi con él.

—¿Con quién?

—Con tu amiguito de Venecia —gritó Jacobo—. Con el animal que hizo que te golpearan.

Beatriz comprendió.

—¿Me seguiste? ¿Como a Laura?

—Sí, sí, sí. Y no me equivoqué.

—No es lo que imaginas, Jacobo.

—Me mentiste —parecía a punto de ahogarse—. ¿Por qué no me dijiste que ibas a verlo?

Beatriz cambió el tono.

—De acuerdo —musitó, resentida—. Sí, me voy con él. ¿Eso querías oír?

—La verdad.

—No entiendes nada, Jacobo —concluyó ella—, de veras que no. Laura tuvo mucha razón al dejarte.

XXVI

¿Dices, Mildrett, que ella hizo bien en abandonarlo? ¿Que su auténtico amor era para otro? ¿Que tanto Beatriz como Laura sólo fueron víctimas de Jacobo?

¿Quién podría responder a eso?

XXVII

Jacobo se presentó en mi despacho. Tenía el rostro devastado, la mirada perdida; estaba deshecho.

—La he perdido —me dijo—, la he vuelto a perder. Tuve una nueva oportunidad y la he desaprovechado. Es imperdonable, ¿no?

Le dije que se sentara, que lo tomase con calma.

—Volví a cometer los mismos errores. Los *mismos*. Y ahora las dos me han abandonado.

Me levanté a servirle un vaso de agua. Traté de consolarlo, sin mucho éxito.

—¿Te das cuenta? —me dijo—. En cierto sentido ellas me escogieron a mí, y yo no fui capaz de retenerlas conmigo. Soy un estúpido.

XXVIII

Sólo después de un rato me atreví a darle la respuesta que esperaba oír de mis labios, la misma que ustedes han aventurado ya a lo largo de estas charlas:

—Lo siento, Jacobo —le dije—. La verdad es que, a pesar de tus esfuerzos, tú nunca las amaste. No es tu culpa, sé que lo intentaste, que lo creíste firmemente. Pero a veces sucede que encontrar a nuestra alma gemela resulta más difícil de lo que parece; a veces se requiere esperar durante años, equivocarse una y mil veces, volverlo a intentar otras tantas. Eso es lo que ha sucedido en tu caso.

Jacobo rompió a llorar.

—No desesperes —terminé diciéndole—. Tu camino aún no ha terminado. Ten fe.

XXIX

Silencio, por favor, amigas y amigos. Uno a la vez. De otro modo no puedo escucharlos.

Está bien, resumiré sus preguntas. ¿Por qué titulé esta conferencia *El triunfo del amor* si en realidad Jacobo terminó así, triste y amenazado, solo?

La respuesta es simple: porque ésta no es la historia de Jacobo, como lo advertí desde un principio. Ésta es, amigas y amigos, la historia de Laura. El amor triunfante le pertenece únicamente, con pleno derecho, a Laura.

XXX

El amor existe. Sí, el amor de los cuentos de hadas, el amor de la Bella Durmiente por el príncipe, el del príncipe por Blanca Nieves, el de Cenicienta por el príncipe. El amor de los trovadores por sus damas, el de Arturo por Ginebra, el de Abelardo por Eloísa, el de Salomón por la reina de Saba, el de Dido por Eneas. Sí, amigas y amigos, el amor auténtico, el amor loco, el amor pasión, el amor delirio. El amor inmortal, inmarcesible, inexplicable, inexpugnable y eterno de Romeo y Julieta, de Fausto y Margarita, de Charlotte y Werther. El ardiente y poderoso amor de los románticos ingleses y alemanes, el infinito y prístino amor de las novelas francesas, el tierno y claro amor de las películas norteamericanas.

XXXI

Dos verdaderas almas gemelas. Dos almas gemelas que, por obra de la casualidad tienen, además, cuerpos gemelos.

En esta ocasión no hay dudas, ni recelos, ni ataduras. Es la unión perfecta, la más perfecta que me ha tocado admirar desde que inicié el proyecto de Las Afinidades Electivas. Sólo deberían ustedes verlas, amigas y amigos, para darse cuenta del esplendor y la perfección que han logrado. Nunca un amor fue tan perfecto, tan nítido, tan rotundo. Desde el primer momento, desde la primera vez que Laura se encontró con Beatriz en las calles de París, a unos pasos del bar donde Jacobo consumaba su embriaguez, su historia común comenzó a urdirse en secreto.

Después de un par de encuentros, su unión estaba segura. Beatriz únicamente tuvo que deshacerse del Canaletto y luego precipitar la ruptura con Jacobo. Desde que sellaron su pacto, nadie como ellas ha estado tan dispuesto a hacer *todo* por la otra persona. A soportar las torturas de la separación. A tolerar el temperamento agreste de un tercero, indispensable para unirlas. A vivir en armonía y libertad, a comprender sus errores, a apoyar sus decisiones particulares, a jurarse fidelidad eterna. Sus nombres deberían unirse, al término de mi relato, a los de Romeo y Julieta, de Abelardo y Eloísa, de Dido y Eneas: Laura y Beatriz.

Ahora comparten un piso y, lo más importante, se comparten la una a la otra. Ayer mismo me escribieron para darme un nuevo testimonio de su alegría compartida… Pero no se vayan, amigas y amigos, esperen, escuchen: ellas son verdaderas almas gemelas. El suyo es uno de los amores más sólidos que he visto, un amor que excede cualquier límite, cualquier desafío. Y, lo digo con toda modestia, es un amor fraguado por mí, por Las Afinidades Electivas… Sólo bastó que yo le narrase a Laura la historia de Beatriz para que se decidiese a buscarla. Luego, ambas se enamoraron súbitamente… Por favor, aguarden: me falta decirles qué sucedió con Jacobo. ¿No quieren oírlo? Ha vuelto a inscribirse en Las Afinidades Electivas, es uno de nuestros clientes más entusiastas. Incluso puedo mostrarles su video. Por favor, Maricarmen, Miguel, les juro que tendrán grandes oportunidades… Mildrett, Yazmín, descuentos especiales… Manuel, Adriana, Valentina, por favor… Entiendan: uno de los amores más grandes de la historia.

Muchas gracias.

Dos novelitas poco edificantes de Jorge Volpi y Eloy Urroz
se terminó de imprimir en mayo de 2018
en los talleres de
Impresora Tauro S.A. de C.V.
Av. Plutarco Elías Calles 396, col. Los Reyes,
Ciudad de México